U0129711

不埋沒一本好書，不錯過一個愛書人

七樓書店

幸好，书店还在

文豪们的书店记忆

[美] 海明威 等 著

傅雷 李江艳 等 译

薛原 西海固 编

SPM 南方出版传媒 广东人民出版社

· 广州 ·

图书在版编目（CIP）数据

幸好，书店还在 / 薛原，西海固编 . — 广州：广东人民出版社，2021.5

ISBN 978-7-218-14675-1

Ⅰ . ①幸… Ⅱ . ①薛… ②西… Ⅲ . ①故事－作品集－世界 Ⅳ . ① I14

中国版本图书馆 CIP 数据核字（2020）第 243280 号

Xinghao, Shudian Haizai

幸好，书店还在

薛原　西海固　编

出 版 人：肖风华

出版监制：黄　平　高　高
选题策划：七楼书店
特约策划：杨宏宇
责任编辑：李力夫
责任技编：吴彦斌　周星奎
装帧设计：孔庆美

出版发行：广东人民出版社
地　　址：广州市海珠区新港西路 204 号 2 号楼（邮政编码：510300）
电　　话：（020）85716809（总编室）
传　　真：（020）85716872
网　　址：http://www.gdpph.com
印　　刷：天津丰富彩艺印刷有限公司
开　　本：880mm×1230mm　1/32
印　　张：8　　字　数：150 千
版　　次：2021 年 5 月第 1 版
印　　次：2021 年 5 月第 1 次印刷
定　　价：58.00 元

如发现印装质量问题，影响阅读，请与出版社（020－85716849）联系调换。
售书热线：（020）85716826

书店趣事（代序）

我喜欢约朋友在书店见面。

一个原因，就像乔治·奥威尔在《书店回忆》中写的：因为书店是为数不多的几个可以不用花钱就能逛很长时间的地方之一。

另一个原因，我也曾经在书店工作多年，那些年的经历告诉我，当读者进入书店，他们的时间概念就不那么清晰了。不管是谁到得早些，都可以先在书店里逛逛，拿起一本喜欢的书，随便翻翻后就难放下了。来得晚一些的也不会感到太尴尬。待到见面的时候，开场白多是："选的这个见面的地方不错啊。好久没有逛书店了。我还真的看到了几本我喜欢的书……"少了些苍白的寒暄。

在书店里见的朋友多了，很多时候，话题自然会从书和书店开始：

是先有书店还是先有书商？

最早的书商有没有书店？是走街串巷还是摆个摊子？

早期作家、出版商、书商的关系是什么样的？

作家们最早的版税制度是什么样的？

著名作家和书店有什么样的奇闻逸事？

哪个大作家在书店工作过？

外国的二手书店是什么样的？

书店到底该怎么经营？

书店是否要做广告？

…………

日子久了，大家的脑子里总是有关于书店的千奇百怪的问题，总是想探究这些答案。于是就有了这本《幸好，书店还在》。

在这本小书里，大家能读到很多有趣的事情：

在古罗马，一本书一旦进入流通市场，几乎就变成了公共财产。

1842年，英国《版权法》延长版权保护期，确定版权所有者至少拥有42年的版权。

所有的书店几乎都有副业，例如出售打字机、圣诞卡片、名人手稿等。

为什么著名的作家都不愿意把手稿写得工整？

原来外国的读书人中也有孔乙己，他们认为书店和其他的商店不一样，也认为偷书不算偷。

第一个有确切记载的书商竟然是一位殡仪馆老板。

…………

这本小书并不完美，也没有试图梳理书店的发展史，也很片面，只涉及欧美的部分名家之作。但阅读起来很有乐趣，能满足诸君对早期书店的许多好奇。

闲言几句，代为序言。

西海固

2020年10月10日

Contents 目 录

最早的书商

【英】弗兰克·A.穆比

李江艳 译

弗兰克·A.穆比（Frank A. Mumby，1872—1954），英国记者、图书业历史学家，他的《书商罗曼史》可以说是图书出版业与销售业的基础和准则，对行业有着深远影响。

本篇选自弗兰克·A.穆比于1910年由伦敦查普曼和霍尔出版公司出版的《书商罗曼史》，文中深入浅出地介绍了对书商起源的探索，作者还向我们介绍了许多关于图书业和作家的逸闻趣事。

探索书商的起源绝不是一件容易的事情，恐怕比揭开炼金术的秘密还要困难。我们查遍了亚述巴尼拔的泥版上的记录，却徒劳无功，尽管《传道书》中讲述过圣经时代许多图书的诞生过程，但是《圣经》中却没有提到任何书商或出版商的名字。圣经人物巴拉巴的故事中似乎将他描述为一个出版商，但是人们一直认为这是拜伦勋爵的编造，而且拜伦勋爵编造这个故事的基础，事实上和讽刺作家彼得·品达（Peter Pindar）所说的"出版商习惯用作家的头骨当酒杯喝酒"一样毫无根据。这些说法产生的原因由来已久，心怀不满的作家常常会用这种恶意幽默来写作。关于这些离奇的说法，有时候我们也必须考虑一些其他的理由，在对古代编年史的研究中，有一个发现令人感到不安，第一个有确切记载的书商竟然也是一位殡仪馆老板。我们原以为一些古老的学术组织的开端应该与宗教或学校有关，就像现代图书业的早期组织在很大程度上要归功于最初的大学。不过我们也不必对殡仪馆老板的身份过于敏感，他是个埃及人，他的图书业务只和他承办的葬礼有关——死者亲友会购买他印制的《死亡之书》，放在死者的坟墓里，作为死者灵魂的通行证和去往来生的指引。除了这个名义上和书商有关的埃及人以外，纵观历史，在各个古代文明中搜寻各种文献甚至小说，我们也找不到关于有组织的书商的任何确切记录，直到古希腊人和古罗马人时代，才找到一些关于书商的信息。公元前5世纪，真正的书商开始在希腊出现，又过了大约一个世纪，到了亚历山大大帝的统治时期，书商才发展到一个相当大的规模。当时的作家不会寻求分享任何可能存在的利润，他们认为与书商的交易代表利欲熏心，对他们的缪斯女神是一种侮辱。对古希腊的作家们来说，只有在世时的名声和去世后的荣耀才是最重要的事情。琉善被麦考莱誉为"最后一位杰出的口才和智慧的大师"，他对那些"文盲书迷"的讽刺毫不留情，包括对他那个时代的雅典书商和那些富有的赞助人，看不到他有任何奉承谄媚之词。

琉善这样写道："你以为你买了大量好书，别人就会把你当成学富五车的学者。然而事实恰恰相反，这只会使你的无知更加引人注目。不但你买的书根本算不上最好，而且你很容易被第一个称赞这些书的人说服，那些认识你这种花冤枉钱的主顾的书商就像找到了宝藏一样幸运，因为他们再也找不到更好的机会把他们那些最肮脏的垃圾图书变成实实在在的银币。即使你有足够的鉴赏力，会去买卡利努斯这样的书商的手稿，因为它们的优美备受人们的喜爱，或者阿提库斯出版的图书，因为它们的准确备受人们的称赞。但是我想请问，亲爱的先生，这些好书对你又有什么好处呢？你根本无法领略它们的妙处，就像一个双目失明的人无法欣赏身边迷人的情人那美丽的眼睛和玫瑰色的脸颊一样。你可能收集了德摩斯梯尼的作品，甚至包括他亲笔所写的八本《修昔底德》中的一本，或者你还有苏拉在成为雅典的统治者后，没收并送到意大利的所有书籍，但这对你又有什么帮助呢？除非你用最伟大作家最好的作品当成床垫铺床，或者用手稿当成装饰品佩戴在自己身上，然而这只会使你看起来更加无知。有一句俗语说得好，沐猴而冠，还是猴子。如果你们这些有钱人能够一下子用金钱买到我们这些可怜的乞丐穷其一生所积累的知识，那你们就比我们有太多的优势了。而且，如果真是这样的话，那就没有一个学者敢于在学识上与书商竞争，因为书商才是拥有最渊博知识的人。但是仔细一看，你就会发现尽管这些有钱的书商每天与书相伴，品位和洞察力却和你一样匮乏。"

我们必须记住，琉善的这段评论是在雅典图书业的衰落时期写的，当时罗马人已经征服希腊很久，文化和文学生活的中心都转移到了亚历山大港。毫无疑问，亚历山大港发展出了一个广泛的图书生产系统，希腊、罗马、埃及和印度图书的最好版本都被收录在著名的亚历山大图书馆。然而，令人遗憾的是，关于这个行业本身的详细情况尚不清楚，与之直接相关的人员的名字也不为人所知。因此，我们不得不将探询的目光转向罗马，那里后来成了图书业的主要所在地，虽然埃及托勒密王朝的知识霸权在罗马人的统治下仍然长期存在。直到公元1世纪的后半叶，图书出版的中心才转移到罗马，根据斯特拉波的说法，亚历山大港图书业体系的基础也随之转移。

当关注古罗马的图书市场时，我们就找到了更坚实的基础，很多东西都能让我们联想到当今的图书世界。审视罗马的书店时，浓郁的图书氛围就像在我们现在的书店里一样强烈。书店外面的柱子上写满了在售的图书目录，这里显然是文人最喜欢光顾的地方。尽管罗马人会让奴隶工作，但作家和学者的角色绝不是为主人工作的奴隶。如果我们看一看更大的出版商的办公室，我们会发现一些奴隶正在为一本迎合大众口味的新书的新版本出版而努力工作。最让我们惊讶的是这些书便宜得出奇——通常只要几便士。售价便宜的主要原因与其说是罗马作家没有得到他的利润份额，不如说是出版商可以通过驱使自己的奴隶来大大降低经济成本。尽管奴隶制度存在种种弊端，但确实使古罗马图书业在没有印刷机的情况下仍然能良好发展。有了训练有素的编辑和抄写员，出版商就能以非常便宜的价格，在极短时间内出版任何一部作品的新版本。在这个过程中，既没有印刷的初始费用，也没有因修改内容调整印刷机而造成的额外损失。出版商拿到的手稿直接来自作者，然后将它交给自己的奴隶，而且一本篇幅不长的书，如果有必要，可以在24小时内就完成一个完整版。这是一种简单而出色的图书出版模式，尽管在技术上有一些缺陷，主要是笔误和不尽如人意的笔迹，但是当我们现代的出版商想到他们自己使用的非常复杂的生产方法时，他们一定会对古罗马出版商羡慕不已。

不用说，这些奴隶都是在受过专门的训练和教育之后才开始正式从事他们的工作的。马夏尔是我们探究古罗马图书世界最有趣也是最值得信赖的向导，他在自己的《讽刺诗集》一书的开头就讲到抄写员只需要一小时就能誊抄完这本手稿，"而且他们的工作还包括我的琐事"。不过这本书的第500行至600行之间存在一些问题，所以马夏尔的说法或许和实际情况有些出入，但仍然清楚地说明了抄写员的效率。这种图书出版模式的明显优势是可以很快满足任何销售需求，但出版商有时候还是会陷入过度生产的欲望中。根据西塞罗写给阿提库斯的信，以及其他一些参考资料，我们可以看出，罗马人也有某种"折价图书市场"，和我们现在专门廉价销售滞销和失败图书的市场一样。不过今天折价图书的命运比古罗马大部分未售出的书的命运要好得多，当时似乎没有专门的二手书商来接手这些库存图书，也没有回收纸张的制浆机来立刻结束滞销的痛苦。比较幸运的一些图书会被运到外省，但其中大多数的命运也和在罗马一样，都变成了鱼贩和商店店主包东西的包装纸。马夏尔还在一本书的致辞中这样写道："假如你觉得阿波利纳里斯谴责了你，那你就应该立刻去鱼贩那里找到他的书，让孩子们在上面涂鸦。"我们不知道究竟有多少经典著作就这样被毁了，或者在罗马的火灾中被烧成灰烬，但可以肯定的是，在这些被当成废纸和垃圾的图书中，一定有许多珍贵的碎片书稿丢失了。那时候图书的纸张非常适合被当成包装纸，我们所了解的册式图书直到大约公元5世纪才开始流行。古希腊和古罗马的图书是一种卷轴形式，就像埃及的一样，类似于现代地图的装裱形式。这些卷轴是用莎草纸或羊皮纸做的，只有一面写着字。卷轴的大小取决于作品的篇幅，一部作品通常有各种不同的版本，根据狄奥多·伯特的估计，一个版本的誊抄本大约在五百至一千份。雷古勒斯曾为自己夭折的儿子写了一本书，而普林尼对这本书轻蔑地评论道："整本书讲的不过是一个小男孩的生活！"结果这本书的誊抄本在整个罗马帝国超过了一千份。

罗马帝国的图书出版业就像罗马本身一样，不是一天建成的。只有当罗马人自己成为图书出版者和制造者，而不是派人到亚历山大港去购买那些由训练有素的抄写员誊抄的图书时，罗马的图书出版业才开始具备统治地位。到了奥古斯都时代，也就是公元前1世纪的后半叶，我们终于找到了一些确切的资料，对罗马帝国的图书贸易有了一个清晰的概念。这个时代属于提图斯·庞波尼乌斯·阿提库斯，他是图书赞助人和书商界的国王。提图斯·庞波尼乌斯·阿提库斯可以说自成一家，地位比其他所有的古罗马出版商都要高。他是第一个将图书业置于普通商业行业之上的人，为这个行业最光荣的传统奠定了基础，尽管他肯定不是历史上第一位出版商，但是在古往今来书商的荣誉榜上，没有人比他更有资格享有最首要的地位。提图斯·庞波尼乌斯·阿提库斯自己就是学者和作家，他既是西塞罗的文学顾问，也是西塞罗作品的出版商，他拥有大量的私人财富，能够慷慨地以公益精神经营自己的出版事业。这种精神一直照耀着图书界，并激发乔治·史密斯在19世纪出版了《英国名人辞典》。

提图斯·庞波尼乌斯·阿提库斯和乔治·史密斯都是那种富有进取心的人，也都有极强的商业能力。西塞罗曾这样写道："你把我关于利贝里乌斯的演讲卖得如此好，我要把我未来所有的作品都托付给你。"阿提库斯显然是在大规模发展他的出版事业。他并不满足于从亚历山大港购买希腊经典作品，他自己也有一批训练有素的奴隶抄写员专门从事誊抄工作，他的图书后来被称为"阿提库斯出品"，这也成为完美图书品质的保证和标志。根据狄奥多·伯特的说法，随着时间的推移，阿提库斯不仅在罗马开了一些零售书店，在其他省份也开了一些。

有几位罗马帝国皇帝对图书和版权实行过严格的审查制度。奥古斯都就曾下令在书店和私人住宅搜查那些拉丁文和希腊文的伪造的预言书，并将两千多本这种图书付之一炬。图密善对作家和出版商犯下了更残暴的罪行。根据苏维托尼乌斯的说法，图密善残忍地处死了塔苏斯的赫莫杰尼斯，因为他的历史著作中有一些段落遭到了这位暴君的反对。不仅如此，图密善还将出版这本书誊抄本的出版商和抄写员都钉死在了十字架上。

仅凭现有的零碎残缺的资料，我们不可能确切了解那个时代作家和出版商之间存在的商业关系。在这个问题上，学者们的意见大相径庭。狄奥多·伯特认为，根据贺拉斯和其他一些古人的说法，当时的作家从他们的作品中获得了版税或者其他形式的报酬，美国著名出版商乔治·哈文·帕特南的观点和狄奥多·伯特类似。但是也有完全相反的观点，例如路易·哈恩尼就认为当时的作家没有得到任何报酬，加斯顿·波伊希尔教授也支持他的说法。从目前的史料来看，后一种说法的可能性似乎更大。因为在古罗马，一本书一旦进入流通市场，几乎就变成了公共财产，我们确实很难想象在这种情况下作家会获得版税。假如第一个买到马夏尔的新书《讽刺诗集》的人要随心所欲地复制这本书，并破坏市场销售，恐怕没有什么办法可以阻止他。

贺拉斯的书能赚到多少钱，显然是由他的出版商说了算，他自己在《诗论》中说得很清楚，他的作品就算拿到海外去卖，也能为出版商挣来真金白银，而他自己收获的只是广泛的名声而已。贺拉斯曾数次提到过几个出版他的作品的书商兄弟，他们的书店位于雅努斯和威耳廷努斯的神庙旁边。狄奥多·马丁爵士翻译的贺拉斯的诗作最为出色：

> 我读懂了那饱含渴望的眼神，
>
> 就在雅努斯和威耳廷努斯的神庙那边，啊！那是我的书！
>
> 你站在书店的书架上，被书商用浮石精心擦拭，变得光滑发亮。
>
> 你对锁和庄重的封印感到恼火，你抱怨说，
>
> 你应该只给少数人看，而不是让所有公众阅读。
>
> 好吧，去你想去的地方吧，随便什么时候，想去就去吧，
>
> 但是你要记住，一旦出发，就再也回不来了！
>
> 你内心中最柔软的地方被刺伤了，哭喊道：
>
> "我真傻！为什么要改变自己的命运！"
>
> 随着时间的流逝，你会变得过时，不再受欢迎，

到那个时候，你会被揉成一团，扔在角落里无人问津。

当你像鲜花初次绽放一样出现在人们面前时，

整个罗马都会喜欢你，

然而，一旦你被一只粗俗的手翻开之后，

这种新鲜感很快就会消失不见，

你要么会变成蛀虫的腹中餐，

要么会变成包东西的包装纸。

  我们再来看看另一位文学家马夏尔的时代，也就是贺拉斯死后一个世纪左右，听听他的抱怨，同时也代表了当时流行的罗马作家的普遍心声。马夏尔这样写道："并不是只有城里的那些闲人才喜欢我的诗作，我的诗也不是写给那些百无聊赖的人看的。要知道，我写的东西是让严寒中出征的那位坚定严厉的百夫长来读的！甚至还有人说，英国人也会吟唱我写的诗。然而，我自己从中得到了什么呢？我是获得了一些名声，可是名声并不能变成哪怕一分钱啊！"不过这并不是他抱怨的主要原因，他真正不满的是残暴的罗马皇帝图密善，他说："罗马啊，你的这位皇帝可不是一位支持文学事业的慷慨赞助者啊！"马夏尔和他那个时代所有穷困潦倒的诗人一样，总是不停地幻想着从前幸福时代的诗人们所得到的奖赏——贺拉斯曾得到过大片庄园和领地，维吉尔曾得到过价值8万英镑的巨额金钱。然而时代变了，皇室和贵族只会给予依附权贵的诗人们一些赞赏，马夏尔曾向图密善请求帮助，但是徒劳无功。再也没有像卡图卢斯和卢克莱修那样富有的作家，他们可以让奴隶们抄写自己的书以供私人流通。然而马夏尔那个时代的作家们的作品都被迫落入了书商的手中，他们必须先树立自己的声誉，然后依附权贵，这样才能指望得到权贵的赞赏和资助。马夏尔显然认为他的书商从他的作品中获取了十分可观的利润，因为他告诉读者："这本薄薄的小书要卖4塞斯特斯（约8便士），不过这个价格太贵，也许你应该用2塞斯特斯就能买到这本书，而且即使这样，书商特利弗还是可以赚到钱。"

特利弗是当时著名的书商，昆体良就曾将自己的著作《雄辩术原理》交给他出版。尽管马夏尔对书商获得的利润颇有微词，但不可否认的是书商的运作也使他的作品更广泛地传播，这对马夏尔自己来说也是有利的。他甚至毫不犹豫地为自己写了一些广告，因为他最懂得自夸的艺术，知道如何优雅地自我吹捧。他这样写道："如果您在城里彷徨不定，不知道在哪里能买到我的书，请让我来为您带路吧，您可以到和平神庙和雅典娜广场后面去找塞古都斯，他是博学的学者、卢森西斯的自由民，您可以在他那里买到我的书。"应当指出的是，罗马的书籍上并没有刻印，尽管这种标记其实并不多余。马夏尔和我们现在的一些作家一样，似乎认为应该在出版他作品的各个出版商中间建立一种竞争，他还提到了一个出版商的名字——昆图斯·波利乌斯·瓦勒良，他保留了马夏尔年轻时的一些不成熟的诗作，还出售过连马夏尔自己都忘记了的一些小作品。或许就是为了阻止这种竞争的出现，第一个出版商协会成立了，帕特南教授告诉我们，根据狄奥多·伯特的权威说法，这个组织是在公元2世纪初成立的。人们对这个协会所知甚少，只知道它是由罗马的主要出版商组织成立的，目的是"为了更好地保护他们在版权方面的利益，以及约束每个成员都不要干涉其他成员的经营活动"。

大多数作家都很熟悉借书者的诡计和花言巧语——他们已经准备好阅读作家的作品，但却从未想过要去购买这些作品。罗马的作家似乎也遭受了同样的困扰，不过马夏尔有一种简单明了的方式来对付这种想占便宜的人，他在一首讽刺诗《致卢波库斯》中这样写道：

卢波库斯，当你见到我时，你总是说：
"我可以让我的仆人去找您吗？
请您把您那本《讽刺诗集》交给他，
我读完了之后马上还给您，您看行吗？"
我必须告诉你，卢波库斯，
不要麻烦你的仆人。
我住在奎里纳尔山上，那可是罗马七丘的最高峰，
而且我的房子在三段陡峭的阶梯上，去一趟可不容易。
你想要的东西在你旁边就能得到，

恺撒广场对面有一个书店，

两边的柱子上写着他们在售的书名，

你可以很快地浏览那些作者的名字，

当然，我的名字也在那里。

你只要喊一声阿特雷克图斯，他是书店老板，

他就会从第一层或者第二层书架上帮你拿出一本马夏尔的《讽刺诗集》，

封皮用浮石打磨得光滑发亮，还带有紫色的装饰，

他会要价5便士。

你说什么，卢波库斯？我的书不值这么多钱？

好吧，你说得对，卢波库斯。

马夏尔对另一个想要借书的人庞蒂良努斯的回答同样尖酸刻薄："庞蒂良努斯，你知道我为什么不把书借给你吗？那是因为我担心你要把你的书借给我。"罗马的作家们除了对他们的出版商和借书的朋友们颇有微词之外，还有其他不满。他们沉迷于公开朗诵和私下朗诵，这不仅是出于虚荣心，而且也是他们社交生活的特点之一。朗诵可以说是他们最好的宣传方式，但是也带来了风险，一些不择手段的剽窃者会把自己听到的作品据为己有，以最厚颜无耻的方式将其中的内容作为自己的原创作品公开发行。马夏尔写了不止一首讽刺诗来控诉这样的剽窃者，其中一首这样挖苦了一个可恨的家伙：

费登蒂努斯，你能想象得到吗？

你偷走了我写的诗，然后你变成了诗人，

难道你希望别人这样看你吗？

买来骨头和象牙当作假牙的人和你一样。

你用这种方式成为诗人，

就像你秃顶的时候买来飘逸的长发戴在头上一样。

　　甚至公开朗诵的时候也会遇到这种风险，罗马有二三十个图书馆，都是对所有公民免费开放的。在这些听众中，有人会把听到的一篇新文章记在心里，然后立刻找到书商，自己以作者的身份发表。这并不是罗马作家编造的故事。我们知道，古希腊和古罗马的公民拥有非凡的记忆力，所以这种事情并非不可能。在那个时代，记忆力被视为最高层次的天赋，许多人专门培养这种能力，如果没有那么多作家证实过古希腊和古罗马的公民拥有惊人的记忆力，他们在这方面的能力确实令我们难以置信。普林尼在他的一封书信中告诉我们，他知道有一位希腊哲学家在听完一篇冗长的即兴演讲之后，立刻就能逐字逐句地把演讲内容从头到尾重复一遍。据说，波斯国王居鲁士能记住他军队里每一个士兵的名字。根据塔利的说法，尤里乌斯·恺撒记得他经历过的大大小小的所有事情。

　　回到我们关于书商的主题，我们必须记住一点，在那些遥远的年代，文学的传播甚至到达了被罗马征服的不列颠，这也是值得关注的历史。拉丁语的兴盛时期结束之后，罗马的文学以及罗马的图书业便迅速衰落，公元4世纪初，君士坦丁大帝将罗马帝国的首都迁往拜占庭也就是君士坦丁堡，而古典拉丁语的时代实际上已经就此结束了。

莎士比亚时代的书商

【英】威廉·罗伯茨

李江艳 译

威廉·罗伯茨（William Roberts，1862—1940），英国作家、图书业历史学家，他创作的《伦敦猎书人》《伦敦的呼喊》《英国书商的早期历史》《网线铜版雕刻印刷》《珍品图书及其价格》等作品堪称图书史和出版史的圭臬。

本篇选自威廉·罗伯茨于1889年由伦敦吉尔伯特和利文顿出版有限公司出版的《英国书商的早期历史》，文中生动地介绍了莎士比亚时代英国书商和作家之间的关系，以及那个时代图书界和出版界的概况。

一

几乎没有谁像莎士比亚那样，因为书商的各种伎俩而遭受如此多的痛苦，那些书商不仅分文不花地盗版翻印他的作品，甚至厚颜无耻地篡改了他的作品，这实在是文学史上最大的耻辱。这些可耻的伎俩都表明一些人像小偷一样暗地里出版未授权和未支付稿费的盗版图书。莎士比亚的戏剧和诗歌被盗版翻印和篡改是一个具有重要历史意义的话题，而且也揭示了各种各样的作品如何变成了印刷品，可以说所有著名作家都经历了和莎士比亚差不多的遭遇。

莎士比亚第一本书的出版似乎告诉我们，1591年3月暴发的大瘟疫不仅导致伦敦所有的剧院闭门谢客，也给这位伟大的剧作家提供了一些闲暇时间，他利用这些时间创作了《维纳斯和阿多尼斯》。这部作品于1593年4月18日问世，同年，印刷商理查德·菲尔德将它正式在英国出版业公会登记注册。J. 哈里森分别在1594年、1596年和1600年将这部作品出版，他的书店位于圣保罗大教堂外。关于这本书的出版有一个十分有趣的故事，印刷商理查德·菲尔德是莎士比亚的同乡，曾经做过T. 瓦特罗利尔的学徒，并于1588年1月13日娶了瓦特罗利尔的女儿雅金。瓦特罗利尔于1599年去世，理查德·菲尔德便继承了他位于伦敦黑衣修士桥的印刷厂，并沿用了他的锚形商标。1594年，莎士比亚的《鲁克丽丝受辱记》问世的时候，他也打算将这本书的印刷交给这位老乡。这本书的出版商还是J. 哈里森出版社，但是他们在1598年再次出版的时候雇用了另一家印刷商P. 肖特。J. 哈里森出版社由哈里森父子两人经营，老哈里森从1573年开始从事出版业，在1606年之后似乎就没有再出版任何图书，小哈里森从1611年至1638年出版了许多图书。福莱指出，老哈里森在1599年左右就已经失去了对莎士比亚作品的兴趣，这件事对他的业内地位产生了重要影响。W. 利克出版社的出版事业从1594年一直延续到17世纪上半叶，他们一直在出版J. 哈里森出版社至今仍拥有版权的一些图书。他们曾于1604年出版了斯托的《英格兰编年史纲要》，这本书有500多页，后面列出了一个勘误表，简洁地标出了一些"漏掉的错误"。1602年，当出版另一个版本的《维纳斯和阿多尼斯》时，W. 利克选择了一个新的商标，那是一个圣灵的标志。早在1596年6月25日，W. 利克就登记注册了莎士比亚的《维纳斯和阿多尼斯》，他将这部作品的版权权利保留到了1616年2月16日。W. 利克的版权到期之后，W. 巴雷特登记注册了莎士比亚的这部作品，并于次年出版了新的版本。从1593年到1630年，市面上至少出版了11个版本的四开本《维纳斯和阿多尼斯》。1599年，W. 利克出版了《热情的朝圣者》，在他职业生涯的不同时期，还出版和销售了博蒙特和弗莱彻的《王与非王》和《菲拉斯特》、黎里的《尤弗伊斯》，1637年，他的书店搬到了伦敦大法官法庭巷，并出版了马洛的《海洛与利安德》。R. 杰克逊在伦敦舰队街有一个书店，他在1616年，也就是莎士比亚去世的那一年，出版了《鲁克丽丝受辱记》，从1590年至1625年，他还先后出版了亚里士多德、格林、杰维斯·马卡姆等人的著作，以及《旧约箴言》和《圣经节略》。

有一个事实非常有趣，那就是参与《维纳斯与阿多尼斯》和《鲁克丽丝受辱记》出版销售的印刷商和书商与莎士比亚的戏剧作品都没有关系，只有一个无关紧要的例外。有一段时间，安德鲁·怀斯似乎垄断了莎士比亚戏剧作品的出版，但随着作品数量和读者需求的增加，这样的垄断很快被打破了。安德鲁·怀斯在1597年出版了三部莎士比亚的戏剧作品。第一部是盗版版本的《罗密欧与朱丽叶》，有许多瑕疵。另外两部是《理查二世》和《理查三世》，这两本书都是由瓦伦丁·西姆斯印刷社印制的。他们使用的书名和标题可谓是不着边际的篡改的典型例子，例如《理查三世的悲剧》，章节标题包括"他对兄弟克拉伦斯的背叛阴谋""他无辜的侄子惨遭谋杀""他的暴虐行径""他令人憎恶的一生，死有余辜"等。道登教授指出，在1616年之前，市面上至少出现了4个版本的四开本《理查二世》，在1630年之前，至少发行了7个版本的四开本《理查三世》。每次发行新版本差不多间隔18个月。

E. 怀特在1596年将《罗密欧与朱丽叶》登记注册，并于1597年第一次出版了四开本的版本，但是这个版本中的一部分内容是原剧本的副本，有一些是由回忆和演出笔记组成的。尽管伯比在1599年出版的新版本中声称已经进行了修正和扩充，但事实上也只是大致正确。

莎士比亚在1597年出版了三部戏剧之后，第二年，也就是1598年又出了两部，分别是《亨利四世》的第一部分和《空爱一场》。《亨利四世》由安德鲁·怀斯出版，1599年又以"威廉·莎士比亚新修订版"的名义出版了第二版。伯比出版了

《空爱一场》，他的书店在伦敦交易所旁边。这个版本的《空爱一场》非常值得注意，因为这是莎士比亚的名字第一次作为作者署名出现在书上。伯比这么做到底是出于将荣誉归于应得的人的想法，还是认为加上作者的署名会增加销量，我们不得而知，或许两者兼有吧。总的来说，伯比是一个相当慷慨的人，他在1608年为出版业公会的穷人们捐了一笔钱。从1592年到1607年，他出版的图书随处可见。

1598年，安德鲁·怀斯出版了《理查二世》和《理查三世》，《理查二世》由瓦伦丁·西姆斯印刷社印制，《理查三世》由T. 克雷德印刷社印制。在1600年，至少有6部莎士比亚的新剧问世，除了两部外，都有莎士比亚的署名。在这一时期，安德鲁·怀斯似乎已经让威廉·阿斯普利成为他生意上的合伙人，要么完全合伙，要么在某些方面合伙。他们联合出版了《亨利四世》第二部分和《无事生非》。道登教授指出，《亨利四世》是莎士比亚在1597年至1598年间完成的，《无事生非》是在1600年8月23日登记注册的，而且同年就出现了印刷精良的《无事生非》。1600年还出现了两个版本的《仲夏夜之梦》，第一个版本由J. 罗伯茨出版，第二个版本显然是盗版，由T. 费舍尔出版，他的书店在舰队街附近的白鹿巷，在1600年至1602年出版的图书很少。《仲夏夜之梦》这部杰作就像"一位年轻诗人用天才的想象力精心编织而成的一张奇特而美丽的网"，受到读者热烈欢迎并遭到盗版不足为奇。《威尼斯商人》是在1598年登记注册的，1600年出版了两个四开本版本，分别由劳伦斯·海耶斯和J. 罗伯茨出版，这是两个竞争版本，劳伦斯·海耶斯后来在1637年再次出版了《威尼斯商人》。1600年还出版了两部戏剧《泰特斯·安特洛尼克斯》和《亨利五世》，这两部作品没有莎士比亚的署名。《亨利五世》这本书让书商们非常恼火，因为到了1608年的时候，市面上至少出现了三个并不完美的四开本版本。第一个版本由米灵顿和约翰·巴斯比出版，并在他们自己的书店里销售。米灵顿和约翰·巴斯比，还有爱德华·怀特、T. 帕维尔和亨利·格森都热衷于向公众兜售盗版甚至篡改的莎士比亚作品，例如《伯里克利》《约克公爵的真实悲剧》《泰特斯·安特洛尼克斯》等。

《理查三世》可能是安德鲁·怀斯和威廉·阿斯普利出版的最后一部莎士比亚的戏剧作品。从那时起，他们出版莎士比亚戏剧的权利，或者说所谓的这种权利转让给了马修·劳。马修·劳的书店在圣保罗大教堂外，在1615年之前曾出版了几部戏剧作品，但都是安德鲁·怀斯和威廉·阿斯普利之前出版过的书。他的从业生涯一直到1626年，1594年出版的纳什的《耶稣基督泪洒耶路撒冷》是他最早的出版作品之一，J. 罗伯茨在之前一年，也就是1593年也出版过这本书。

1602年，《温莎的风流娘们》的不完全版本出版。在1601年至1602年间，这部戏剧所谓的版权从T. 布斯比手中转到了亚瑟·约翰逊手中，因此亚瑟·约翰逊在适当的时候出版了这部戏剧，不过这本书没有莎士比亚的署名。夸里奇先生指出，第二版，也就是1619年的四开本，对研究者来说很有价值，因为其中一部分文本与1623年出版的对开本有着很大程度上的差异。1602年6月，J. 罗伯茨登记注册了《哈姆雷特》（又名《王子复仇记》），并于1603年正式出版，这个首印版应该是不完全版本，第二年林格出版社又出版了一个四开本版本，根据道登教授的推测，第二个版本应该是莎士比亚自己的修改版。这两个版本都有莎士比亚的署名。从1582年到1607年，林格出版了许多作品，包括海沃德、纳什、萨克利夫、惠特克等著名作家的作品。1606年1月22日，林格登记注册了《罗密欧与朱丽叶》《空爱一场》和《驯悍记》，不过他只出版了最后一部作品。J. 斯梅斯威克的从业生涯从1600年直到1640年，他似乎接管了林格的出版业务和他在伦敦舰队街的书店，总之他注册了《罗密欧与朱丽叶》《空爱一场》和《驯悍记》，而这几本书的版权原本属于林格。他出版的作品包括伯顿的《西蒙尼的责难》（1624）、德雷顿的诗作、格林的《永远不会太晚》，以及米德尔顿和纳什的一些作品，此外还有1609年出版的《罗密欧与朱丽叶》和1611年出版的《哈姆雷特》。

纳撒尼尔·巴特是第一个发行《李尔王》的出版商，他的书店也在圣保罗大教堂外。这本书很可能是秘密出版的，但有莎士比亚的署名。这本书是在1607年11月26日登记注册的，

1608年出版了两个四开本版本，出版商都是纳撒尼尔·巴特，一个版本44页，没有标明出版商地址，另一个版本41页，标明了出版商地址。44页的版本通常被认为是先发行的，但并不确定。页数或许可以作为有效的证据，因为在以前，再版的图书通常都要比初版更精简，所以同一本书页数越多出版的时间可能越靠前。在17世纪的前40年里，纳撒尼尔·巴特可能是书商圈子里最与众不同的著名人物，而且人们都记得他是英国报业的创始人。除了发行卡苏朋、科克、戴维斯、德克尔、塔尔顿等许多著名作家的作品以外，他还真正打破常规，分别在1622年7月、8月出版了《新闻报道》和《每周新闻》，开启了一段崭新的历史。《每周新闻》是一个18页的四开本小册子，由纳撒尼尔·巴特亲自编辑。在这方面，他做过很多尝试和实验。

几乎所有1600年之后的四开本图书或多或少都是秘密发行的，应该是政府当局采取了一些手段来阻止图书出版但没有成功。直到1623年都没有新的戏剧作品出版。不过1609年还是出版了《伯里克利》《特洛伊罗斯和克瑞西达》和著名的《十四行诗集》。爱德华·布朗特出版社在1608年登记注册了《伯里克利》。根据道登教授的说法，这本书在第二年，也就是1609年由另一个书商亨利·格森出版，但这个版本文本混乱，非常糟糕，据说亨利·格森偷来了这本书的副本。虽然他的行为并不光彩，但是还是为这本书的流通做出了贡献。1631年之前，这本书在市面上出现了5个四开本版本。《特洛伊罗斯和克瑞西达》可以说是莎士比亚一生中所创作的戏剧的总结。这部作品由R. 伯尼安和H. 沃利出版，这本书的序言非常罕见，可以说是最古怪和最有趣的序言，作者像预言家一样写道："你要相信，当他离开这世界，不会再写新的戏剧的时候，你会拼命去争夺他的作品，还会成立一个新的行业裁判所。"R. 伯尼安和H. 沃利曾联合出版过一些作品，其中最著名的是弗莱彻的《温柔的牧羊女》，但是他们的联合出版只维持了四五年时间，也就是从1607年至1611年。

1609年5月20日，托马斯·索普登记注册了一本名为《莎士比亚的十四行诗》的书，并于同年出版了第一版，由G. 埃尔德印刷社印刷，威廉·阿斯普利负责销售。约翰·赖特也售出了一些，因为一些书的扉页上写着他的名字，当时有一些书允许所有书商印刷自己的扉页，有时候这些扉页的风格非常奇特。这本书大概遭遇了失败，因为第二版直到1640年才出版。这本所谓的《莎士比亚的十四行诗》完全未经授权，只是一些书商异想天开的伎俩的又一个例子。

和莎士比亚的作品有关的最值得关注的书商在1609年基本上销声匿迹了，但是在1623年，莎士比亚戏剧作品合集《第一对开本》问世了，这在某种程度上标志着那些有趣的书商又复活了，不过方向已经完全不同。关于这本《第一对开本》的情况，人们几乎耳熟能详，我们在此只指出要点。这是莎士比亚的第一个作品合集，由他的"朋友和伙伴"约翰·海明格和亨利·康德尔编辑整理，由两位著名的书商艾萨克·贾格加德和爱德华·布朗特出版。书中包括我们现在能看到的所有莎士比亚的戏剧作品，除了《伯里克利》之外的所有现代版本的戏剧作品。约翰·海明格和亨利·康德尔拐弯抹角地表示早期许多四开本的莎士比亚的戏剧作品都是"鬼鬼祟祟的盗窃"，并暗示他们的版本都是通过莎士比亚的手稿打印出来的。但事实上，《第一对开本》也有几部戏剧是根据四开本编辑而来的。这本书的伟大价值在于，它包含了18个没有四开本版本的戏剧作品，这本书对传播这些作品可以说具有开创性意义。1632年，《第二对开本》问世，号称是《第一对开本》的修正版，然而勘误本身出现的错误比改正的更多。1664年出版的《第三对开本》是最珍贵的版本，补充了前两本合集中都没有的7部戏剧，但是这7部戏剧除了《伯里克利》之外都不是莎士比亚的作品。英国文学史上两个伟大人物亨利·赫林曼和德莱顿之间的故事也值得我们关注，1685年，著名的书商亨利·赫林曼主持出版了同样著名的诗人德莱顿的大量作品，并多次帮助了这位诗人。

二

几乎所有关于16世纪和17世纪作家的文学史，当涉及他们的作品变成印刷品的方式时，都讲述了相同的故事。事实上，导致如此多的不确定性和争议的原因就是一些书商的各种诡计和花招，即使他们庄严地宣誓也很难让人相信。人们普遍认为书商有许多与生俱来的坏品质，其中之一就是懒惰。风格犀利的讽刺作家托马斯·纳什在《身无分文的皮尔斯》（1592）一书中这样描述道："如果让我来描绘懒惰……我向福音传教士圣约翰发誓，我会让我所认识的一个书商作为懒惰的代表，他的拇指扣在腰带下，如果有人来到他的书摊询问一本书，他绝不会抬一下头，也不会抬眼看一看顾客，只会像雕塑一样站着不动，一句话也不说，最多动一动他的小指头指指身后的小男孩，让顾客和小男孩说话；他就这样整天一动不动地呆坐着，像一个哑巴，只有吃饭的时候例外，因为那时候他就会和别人一样敏捷，一样快，而且他每天要吃六顿饭。"

几乎每一本16世纪的书都有一个与之相关的故事，所以应该如何取舍确实是一个很困难的问题，我们把目光放在比较知名的作家身上应该是最明智的选择。

例如，斯宾塞的三册长诗《仙后》是由威廉·庞森比出版的，他对诗歌一窍不通，自作主张以《彼得拉克的幻象》为书名出版了斯宾塞的作品，其中有几段还经过了轻微的改动。诗歌《剧院》的开头是6首警句式的十四行诗，这些十四行诗和《彼得拉克的幻象》的前6首完全一样。此外，《剧院》中的15首十四行诗中的11首出现在和《彼得拉克的幻象》一起出版的《贝莱的幻象》中。黑尔斯教授指出，这两组诗歌几乎没有什么差别，唯一的区别就是旧诗是无韵诗，而新诗是押韵的。书商为什么要采取这样的做法，我们不得而知，只能猜想这是不是因为懒惰。

安东尼·伍德是一位勤勉的古董商人，他特别讨厌书商。他抱怨说："在那个时代，不管是一本什么书，都要起一个伟大响亮的名字，而那些奸诈的书商就靠这样来挣大钱，吃不饱穿不暖的作家们也靠这样过活。"

大多数老一辈的作家似乎都找过那些大书商，他们认为也许一本书找一个人交易就足够了。例如，罗伯特·格林就有很多合作的大书商，爱德华·怀特和托马斯·卡德曼是他最主要的合作者。爱德华·怀特的书店在圣保罗大教堂北边的小门外，他的商标是一支枪，发行过许多作品，包括《莫兰朵》（1584）、《尤弗伊斯》（1587）、《铁匠佩里米迪斯》（1588）、《培根修士和邦吉修士》（1594）。托马斯·卡德曼的书店在圣保罗大教堂北边的正门外，他的商标是圣经，出版了《行星》（1585）、《潘朵斯托》（1588）和《西班牙假面舞会》（1589）。约翰·巴斯比出版了《永远不会太晚》（1590）、《西塞罗的爱神》（1597）和《永远不会太晚》的第二部《弗朗西斯卡的命运》。布尔比在1592年出版了格林最有价值的散文作品《罗伯特·格林的忏悔》，他的书店在圣米尔德里德教堂外面，后来搬到了伦敦交易所旁边，并一直经营到1599年。威廉·庞森比、托马斯·伍德考克和罗杰·沃德也都出版过格林的一部或多部作品。罗伯特·格林是一位多产的作家，深受读者和书商的喜爱，但安东尼·伍德也批评过他，说他过着诗人们通常都过着的那种奢侈而懒散的生活。

根据科利尔的说法，乔治·皮尔的父亲斯蒂芬·皮尔是一位写民谣的书商，他也拥有许多合作的出版商。威廉·巴利出版过乔治·皮尔的几部作品，包括《爱德华一世》（1593）。威廉·赖特的书店在圣米尔德里德教堂旁边，出版了乔治·皮尔的《告别诺里斯和弗朗西斯·德雷克爵士》（1589）。布斯比出版了《嘉德勋章》（1593）。A. 伊斯利普出版了《大卫王》（1599）。F. 福克纳出版了《快乐又自负的人》（1627）。R. 班克沃斯出版了《阿尔卡扎》（1627）。由此我们可以看出，乔治·皮尔对伦敦的书商非常了解。托马斯·纳什的情况可能也是如此，不过他有许多小册子并没有书商的商标，有的话也是一些糟糕的仿冒商标。对于出版的图书来说，书商的商标是非常重要的。托马斯·哈克特出版了托马斯·纳什的《荒诞结构》（1590）。J. 罗伯茨出版了《基督的眼泪》（1593）。J. 丹特出版了《与你同往萨弗伦沃尔登》（1596）。沃尔特·布雷出版了《萨默最后的遗嘱》（1600）。W. 琼斯、布斯比和理查德·琼斯也出版过托马斯·纳什的作品。理查德·琼斯是一个值得关注的出版商，他甚至应该在文学史上占有一席之地，尽管只是作为次要的小人物。他的出版生涯颇具特色，1590年，他出版了马洛的《帖木儿大帝》最早的两个版本，但是他在1592年的版本中留下的致读者信让我们更感兴趣。他这样写道："我有意忽视和省略了一些主观喜好太强、姿态轻浮和偏离主题的内容，根据我的拙见，这些内容完全无关紧要，而且我认为对于有智慧的读者来说，再没有比这些更乏味的文字了。虽然其中某些虚荣自负的描述会让人惊叹不已，或者展现出一些畸形的美，但是让我把这些远不合适的东西和真正有价值的内容混在一起印刷成书，那将是对这段光荣而庄严的历史的极大侮辱。"也是在1592年，他在纳什的《身无分文的皮尔斯：他对魔鬼的祈求》一书中又展现了自己的才华，这封致读者信篇幅很短，但非常有特色："先生们，在作者托马斯·纳什逝世的时候，我斗胆出版了他的这本《身无分文的皮尔斯：他对魔鬼的祈求》。这个书名看起来很奇怪，甚至有点可笑，但如果您愿意读一读这本书的话，应该就能找到原因。托马斯·纳什在这本书开头没有写下致辞和致读者信，不过他很骄傲地将这些内容插入了书中，只是没有告诉我们在哪里，但我相信您一定会找到您喜欢的致辞和致读者信。——您最热情的朋友，理查德·琼斯。"1591年，他曾为N.布莱顿的《欢乐的小屋》一书作序。理查德·琼斯共出版了近100本书，涵盖了16世纪的最后30年。他的书店位于圣保罗大教堂西南门外，书店的商标是一只展翅的雄鹰。

我们在研究300年前图书销售的总体状况时，经常会遇到一个难以解释的现象，那就是许多在同一年出版的同一部作品会出现不同的书商印记或商标。当时的版权意识十分淡薄，当手稿离开作者的书桌，送进印刷厂的办公室以后，作者就不能再提出什么要求了。如果一个书商有足够的信心出版一首诗或一个剧本，而且成功了，那么作为竞争对手的其他书商百分之百也会出版同样的作品。诗人泰勒在泰晤士河上划船时曾反复吟诵马洛的《海洛与利安德》，这首诗就是一个很好的例子。1598年，爱德华·布朗特出版了《海洛与利安德》的第一版和第二版。圣保罗大教堂的约翰·弗拉斯科特在1600年也出版了一个版本，6年以后又出版了另一个版本。1609年，爱德华·布朗特和W. 巴雷特似乎成为合伙人，他们继承了约翰·弗拉斯科特在圣保罗大教堂的印刷社，并在1609年和1613年分别再次出版了马洛的《海洛与利安德》。大法官法庭巷的理查德·霍金斯和威廉·里克分别在1629年和1637年出版了不同的版本。事实上，很难说马洛的《海洛与利安德》的版权到底属于谁，或者说谁对这部作品应该比其他人拥有更多的权利。

乔治·查普曼的每一部新作品几乎都会由一个新的合作书商来出版。威廉·庞森比、威廉·阿斯普利、托马斯·索普、沃克利、伯尼安和沃利、约翰·巴奇、莱尔、乔治·诺顿等人都出版过他的作品。托马斯·索普、林格和斯坦斯比出版了本·琼森的一些作品。

16世纪最后几年的出版界因为大量粗俗文学的出版而声名狼藉。1599年，惠特吉夫特和班克罗夫特下令将这些糟糕的图书全部烧毁，但是这些图书造成的负面影响已经很难消灭了，而且仍然有些无良书商偷偷出版粗俗作品。对于这种私下的罪恶，约翰·戴维斯的《愚蠢的灾祸》中有一首小诗表达了辛辣的讽刺：

> 这种书店里经常有邪书卖，
>
> 因为他们总是靠卖邪书获取不义之财。
>
> 真理常常被邪书质疑，
>
> 老书总是卖不出去，而邪书都是新的，
>
> 书店的生意好，那是因为邪书多。
>
> 邪书当真卖得好吗？
>
> 那是肯定的，邪书招来了多少狂蜂浪蝶。
>
> 这样的书店，这样的恶行，
>
> 然而没有人会承认。
>
> 我也不想指名道姓，
>
> 因为他们已经是无耻之耻。

圣保罗大教堂西门外理查德·雷德曼的书店里摆着约翰·戴维斯的《愚蠢的灾祸》，我们可以肯定，就理查德·雷德曼个人而言，他不会在自己的书店里卖邪书。纳什在《身无分文的皮尔斯：他对魔鬼的祈求》一书中也轻蔑地提到过当时那些低劣的作品："一个下流的诗人在圣保罗大教堂外兜售他同样下流的作品，他拉着主顾看他的杰作，然而他拿出的废纸上全部都是如呕吐物一般污秽不堪的内容，请问谁能忍受这样的事情？"巴纳比·里奇在他的《重新描述爱尔兰》一书的序言中向读者这样写道："我们这个时代的疾病之一就是大量良莠不齐的图书，文学作品的形式是不同的，正如作者也都各不相同一样。写作是一个既浪费时间又吃力不讨好的职业，一个人最好还是在修鞋店里开心地工作，因为至少报酬是确定的，补一个补丁收一便士。但是作家不一样，倘若有时候他能得到一些明智者的些许赞扬，那同时肯定也会遭到成千上万的反对者的恶意指责。"

关于写作这个问题，迈克尔·德雷顿的观点毫无疑问和巴纳比·里奇是一样的。迈克尔·德雷顿在写给朋友本·琼森的信中曾抱怨道："我最亲爱的朋友，谢谢你对我的《多福之国》的赞赏。其实我已经写完了另外12卷，从肯特郡开始，包括特威德河以东和以北的所有地区。这些部分还没出版我也有责任，因为我和书商正在谈判，但是他们的确是一群卑鄙无耻的恶棍，我鄙视他们，恨不得狠狠踢他们的屁股。"迈克尔·德雷顿的长诗《多福之国》描绘了不列颠岛的美丽风光和光荣历史，洋洋洒洒写了3万行，考虑到这种史诗级的篇幅，他和书商"正在谈判"却没有什么实质性进展也就不足为奇了。不过三年之后,《多福之国》的第二部分还是出版了,但与此同时,那些书商就像敌人一样,对他非常不友好。第二部分的序言简直令人绝望,我们甚至要说这简直是一种野蛮行为,序言只草草写了一句话:"献给愿意读这本书的人。"从这个序言我们可以得知,那些书商因为考虑到《多福之国》的第一部分销售很不理想,竟然删掉了迈克尔·德雷顿的致读者信。关于这个事件,迈克尔·德雷顿本人也有评论。他抱怨自己这部伟大杰作的第一部分受到了冷遇,朋友们都说这部作品一定会大获成功,然而他不仅没有得到肯定,反而受到了许多卑鄙的诋毁。他悲叹道:"魔鬼扯来一片乌云蒙蔽了世人的眼睛。一些书商在卖《多福之国》第一部分的时候感到很不悦,因为这本书不像他们店里畅销的那些可恶的垃圾那样卖得很快(这实在是我们的文学和民族的奇耻大辱)。现在第二部分出版了,他们竟然删掉了我的致读者信,读者们买到的将是不完全版本。"即使在从前那种慢节奏旅行、慢节奏阅读的美好时代,一首长达3万行的长诗恐怕也不太适合每个人阅读。约翰·戴维斯询问道:"迈克尔,你的致读者信呢?"然而痛苦的迈克尔·德雷顿无法回答。

然而,凡事都有先例,删掉迈克尔·德雷顿致读者信的书商可能会引用不止一个例子来为自己辩护。1568年,威廉·特纳的著作《新编植物志》问世,他控诉那个狡猾贪婪的教会印刷社令人愤怒的行径，不仅没有作者署名和作者的序言，竟然还擅自作序出版，就像是他们自己的作品一样。还有一个非常少见的小作品，1576年出版的《小娇娃的宫殿》也遭遇了这种十分恶劣的行为。当时出版商要在致辞里写上"献给温文尔雅的贵妇人"，希望用这种天真迷人的方式吸引读者。这本书的作者希望自己的作品能顺利出版，但也希望保留自己的尊严，他给出版商写信道："我的致辞已经写明了'献给所有读者'，希望您能酌情省略某些部分，如果您使用'献给温文尔雅的贵妇人'，那就属于侵权行为，恐怕有些不妥。"但出版商知道作者急于出版，对作者这种几近低声下气的恳求不以为然，最终还是按照自己的想法印刷出版了。还有一些老书商甚至不满足于对作家的作品编辑、致辞和作序，他们对标题有着强烈的偏爱和占有欲。对一本图书来说，标题也是很重要的。在很多时候，一个有吸引力的标题对成功销售这个版本的图书来说非常有用。标题是否直接或间接地提到了书的主题和内容，或者是否特有所指，似乎都不是什么重要问题。很明显，在大多数情况下，书商对标题几乎拥有绝对权力，第一个标题效果不好，就换第二个、第三个。德克尔在《奇怪的赛马》一书中评论道："一本书的标题就像乡下大房子涂过油漆的烟囱，在很远处就能引起旅客的注意，然而当你走近一看，烟囱也不冒烟，房子里也没有水喝。"约翰·霍顿在开始编纂《畜牧业和贸易改善文集》的时候，曾提醒书商不要把旧书换上新标题寄给他，否则他"一定会拒收"。约翰·霍顿的态度固然值得尊敬，然而他要是以为那些书商会听从他的建议，那就未免太幼稚了。

《鉴赏家》杂志曾提到过，老书商有一些独特的暗喻说法，例如他们所说的"一本好书"并不一定是指高尚的宗教著作或者本质上真正值得称赞的作品，而只是指卖得好的书。这个说法非常古老，至今仍在使用，本·琼森在他写给自己的书商的诗中也提到过：

> 你有你的结论，
>
> 你睿智地用卖得好不好来衡量一本书的好坏。
>
> 我的书也一样，我允许你这样评判。

就像许多看上去很现代其实很传统的机构一样，在剧院里售卖剧本的做法也非常古老。从威廉·芬诺的《描述》（1616）一书的序言中，我们了解到，除了那些直接与戏剧有关的图书以外，其他图书也会在剧院里出售。威廉·芬诺这样写道："我想关于戏剧的小册子会在开演之前碰巧送到你手上，你身边有人拿着各种图书反复吆喝着：'买本新书吧！'"

有人指出，对莎士比亚时代的书商来说，一个剧本副本的价格大约是20枚金币，而获得戏剧赞助人身份所需要支付的酬金是40先令。到目前为止，这些费用已经增长了五倍。毫无疑问，这是供需规律在起作用，一个剧本越受欢迎，对副本的需求量就越大，而越成功的作家接受一般水平酬金的可能性就越小。

在莎士比亚时代，还有最重要的一件事情，那就是于1595年出版的第一部图书目录。这本书是由一位名叫安德鲁·蒙赛尔的书商编写的，他在1570年左右在圣保罗大教堂外面开始了自己的生意，商标是一只鹦鹉。安德鲁·蒙赛尔出版的书很少，但作为出版商，他有非常广泛的人际关系。他分别于1578年和1579年编写了至少两本书。从书目信息的角度来说，他编写的图书目录具有巨大价值，这本目录的书名是《英国出版图书目录第一部分》。

三

书商在出版的图书上留下的印记非常重要，而且常常是图书价值的保证，不仅现在是这样，在过去的时代也是如此。历史学家在描述关于某个特定人物或时代的文学作品时，几乎无一例外地忽略了书商所扮演的角色，这种悄无声息的忽略显然说明他们认为书商不仅不值得注意，而且完全是多余的。然而，书商和作者之间从本质上来讲其实是密不可分的，作者的影响力必须和书商的运营相辅相成，这恐怕才是符合事实的理论。在今天，我们被这种不同寻常的理论所震惊。我们在此不对这个理论进行详细探讨，但培根所说的一段话以及对培根毕生作品出版概况的介绍或许可以帮助我们来理解它："我最大的期望就是我的书能交给一个印刷正确而不是纰漏百出的印刷商和一个忠于原著而不是肆意篡改的书商，这将是我和我的书最大的幸运。"

1597年，亨弗雷·胡珀出版了培根的著名作品《随笔》的第一版。这本非常奇特的书有32页（除了扉页和致辞以外），涉及十个主题。关于这本书，培根在写给哥哥的信里这样说道："随笔的题目很难取，解释那些主题也很麻烦，这样交付给出版商是一种冒险，他们可能会为了迎合市场的需求进行一些修饰和改写。"第二年，这本书的第二版出版了，出版商也是亨弗雷·胡珀，从他现存为数不多的出版物来看，当时培根应该是希望帮助这位年轻的书商。1596年，他又出版了约翰·伍德教授所著的《临床医学》。《随笔》的后续版本很快相继出版，1604年和1606年分别出版了两版，1616年和1624年又分别出版了两版。斯佩丁怀疑1598年、1604年和1606年的版本都是原封不动的再版，培根在书中没有进行任何改动，只有一些单词拼写之类的调整，例如将原文为拉丁文的《圣思录》章节改为英文翻译。我们不知道艾萨克·贾格加德是否也获得了《随笔》这本书的授权，但可以肯定他分别在1606年、1616

年和1624年都出版了盗版，艾萨克·贾格加德的书店在舰队街，在四分之一个世纪的时间里，几乎没有比他更多产的书商。他出版的作品包括卡鲁的《康沃尔概况》（1602）、费尔法克斯翻译的《布永的戈弗雷》（1600）、薄伽丘英文版《十日谈》的第一卷以及著名的莎士比亚的《第一对开本》（1623）。培根的一生中出版的第一个也是唯一一个完整的散文集是由汉娜·巴雷特和约翰·惠特克在1625年出版的，他们的书店店铺位于圣保罗大教堂外面。汉娜·巴雷特应该是威廉·巴雷特的遗孀，威廉·巴雷特在1608年到1624年间出版了几部作品，其中最著名的是蒙田、桑蒂斯和培根的作品。汉娜·巴雷特在1625年就淡出了出版界，也有可能是去世了，因为在那之后我们就再也见不到她的任何作品了。

1603年，菲利克斯·诺顿出版了《浅论英格兰王国和苏格兰王国的幸福结合》，他的书店位于圣保罗大教堂外面。威廉·阿普斯利在1599年到1630年间出版了许多作品，包括德克尔、卡索邦、查普曼和莎士比亚的作品。1604年，培根出了两本书，分别由不同的书商出版。第一本是《关于英国国教更好的安抚和教诲的某些考虑》，第二本是《弗朗西斯·培根爵士：他的致歉》，被委托给了马修·洛恩斯，他的书店坐落在圣保罗大教堂，那里是书商的乐土。《关于英国国教更好的安抚和教诲的某些考虑》的第一版据说现在极为罕见。从1596年到1625年间，马修·洛恩斯出版了许多图书，通常是和艾萨克·贾格加德一起出版，马修·洛恩斯大约出生于1568年，去世于1625年，他的遗孀为了纪念他向英国出版业公会捐了一笔钱。

培根的《学术的推进》最开始叫作《弗朗西斯·培根的两本著作——关于学术的推进、神性和人性》，这本书于1605年出版，第一部分有45页，第二部分有118页，按照当时的习惯，每一页上只印有一个数字页码，而不是像现在这样分别印有两个数字页码。这本书的另一个版本是W.华盛顿在1629年出版的，还有一个版本是T.哈金斯在1633年出版的，这两个人都不是特别有名的书商。

《古人的智慧》由罗伯特·巴克在1609年出版，这本书印刷非常精美，罗伯特·巴克出身于出版业和印刷业世家，巴克家族的印刷社在1603年7月19日获得了特别授权的执照和皇家印刷社的荣誉，可以印刷所有类别的出版物。《古人的智慧》的英文翻译版由约翰·比尔在1619年出版，他在1604年至1630年间出版了大量图书，他的事业一直延续到1642年。此外，约翰·比尔还是培根最伟大的作品——《伟大的复兴》的赞助人，这本书于1620年出版了一个对开本版本。《伟大的复兴》体现了培根试图建立一种新哲学的尝试，《新工具论》是这个巨大整体的一部分，也是培根所有哲学著作中最细致的一部作品。1622年，马修·洛恩斯和威廉·巴雷特出版了培根的《自然历史》的第一部分，第二年马修·洛恩斯单独出版了《生死志》。培根的另一部作品《亨利七世统治史》于1622年出版了一个对开本版本，出版商也是马修·洛恩斯和威廉·巴雷特。

1625年，培根完成了《赞美诗英译本》，这是一本四开本11页的诗集，汉娜·巴雷特和理查德·惠特克是赞助人，他们在这一年还赞助出版了培根的《古今格言》。

威廉·李的书店位于舰队街，他似乎获得了培根的《木林集》的永久出版权，因为这本书1627年的第1版、1639年的第5版和1658年的第7版全部都是他出版的。1629年，培根写了7年的《圣战宣传》由汉弗莱·罗宾逊出版。1930年，约翰·摩尔出版了《普通法要素》。从我们的角度来看，培根去世后出版的作品自然没有他在世时出版的作品重要。

维多利亚早期的书商

【英】约瑟夫·谢勒

李江艳 译

约瑟夫·谢勒（Joseph Shaylor，1844—1923），英国作家，作品有《书迷》《自然的花园》《文学之乐与图书之慰》《一些好书及其作者》《图书人生六十年》等。

本篇《维多利亚早期的书商》选自约瑟夫·谢勒于1912年由伦敦辛普金·马歇尔和汉密尔顿·肯特出版公司出版的《书迷》，文中介绍了维多利亚早期的英国文学界和出版界的概况，同时也是对那个时期在英国出版的出色的文学作品目录的一次巡礼。

人们通常认为图书销售不能被称为一门艺术，甚至不能被称为一门专业，然而在过去，图书销售在某种程度上达到了艺术的高度，因为它在传播文学知识方面的贡献比许多公认的学术机构还要大。

今天的书商也许不像他们的前辈那样精通图书行业的专业知识，但他们掌握的知识更全面，也更关注我们的社会生活。

在以前，优秀的书商都是藏书狂，他们通常戴着一顶便帽，看起来蓬头垢面，一副邋遢的样子。这些书商全身心地投入自己热爱的行业，总是住在自己的书店里，甚至在休息日也很少离开。不过在那个时代，也没有什么事情能诱惑他们离开自己的书店，我们今天所知的许多娱乐活动在当时都是不存在的。

在我们的评论中将19世纪的人物和行业与今天作比较肯定很困难，而且得出的结论恐怕也是靠不住的。然而，毫无疑问，我们今天也可以看到许多聪明的书商和优秀的图书，和最早的时代一样多，当然，还有许多图书只是昙花一现，没能留下任何痕迹。

尽管现在的图书发行和销售都有了巨大的增长，但与人口的增长相比仍然不匹配。因此，图书销售行业肯定还有广阔的空间和前景。我们可以观察一下现在发行的最重要的图书和书商认为最受欢迎的图书，其中许多都是几乎被遗忘的作品，其他的也已经相当过时了，这是一个值得关注的现象。学校的教材不断更新，可以列出一个长长的目录。教材类图书通常都是一些小书商的常规存货，他们还会存有一些算命的书、写信的书、烹调食谱、家庭医疗指南和简便计算表，另外还有乔伊斯的《科学对话》、班扬的《天路历程》、笛福的《鲁宾孙漂流记》、斯托夫人的《汤姆叔叔的小屋》，或许还有几本诗集。这些基本上就足够了，除非周围的居民很有文化，或者很时髦，希望购买一些文学色彩浓厚的图书。在介绍一些从维多利亚时代至今仍然具有生命力的图书之前，我们先来看看一些从前畅销，但现在无人问津或者被彻底取代的图书，例如彼得·帕利的众多作品，舍伍德夫人、马蒂诺、卡梅伦夫人、霍夫兰德夫人、玛丽·豪伊特、约翰·斯图亚特等人的作品，休·米勒的系列作品，威尔逊的传奇系列，赫尔普斯的《议会的朋友》《捕捉阳光》系列，宗教方面的图书有劳威廉的《敬虔与圣洁生活的严肃呼召》和多德里奇的《宗教在灵魂中的诞生和发展》。再来看看从维多利亚时代到现在仍在销售和再版的作品，我们发现1837年是一个特殊的节点，按月更新的狄更斯的《匹克威克外传》在这一年全部写完，卡莱尔的《法国大革命》在这一年首次出版，洛克哈特的《司各特传》也在这一年问世。第二年，也就是1838年，也是意义重大的一年，莱伊尔的《地质学原理》、卡莱尔的《衣裳哲学》和狄更斯的《雾都孤儿》相继出版。1839年，达尔文的《小猎犬号环球航行记》、狄更斯的《少爷返乡》和拜利的《非都斯》问世。

1841年，卡莱尔的《英雄崇拜》和艾萨克·迪斯雷利的《文学的便利》出版。1842年则是诗歌的盛宴，丁尼生出版了他的抒情诗集，麦考莱出版了《古罗马叙事短诗集》。1843年出版了罗斯金的《现代画家》和狄更斯的《圣诞颂歌》。《自然创造史的遗迹》出版于1844年，同年出版的还有斯坦利的《阿诺德传》、金莱克的《爱欧琴》、狄更斯的《马丁·翟述伟》。从1844年到1850年，出版了卡莱尔的《奥利弗·克伦威尔》、格罗特的《希腊史》、勃朗特的《简·爱》、胡德的《诗作》、麦考莱的《英格兰》第一卷和第二卷、狄更斯的《董贝父子》、盖斯凯尔夫人的《玛丽·巴顿》、萨克雷的《名利场》和《潘登尼斯》、金斯利的《奥尔顿·洛克》、狄更斯的《大卫·科波菲尔》和罗伯特·布朗宁的《诗歌集》。

1851年到1860年堪称文学大观时期，出版了许多重要的文学作品，包括罗斯金的《威尼斯之石》、莫伊拉·布雷姆纳的《探询内情》（售出100多万册）、德昆西的《作品集》、布尔维尔的《我的小说》、扬的《雷德克利夫的继承人》、帕特莫尔的《家里的天使》、弗鲁德的《英格兰史》、利文斯通的《旅行》、乔治·艾略特的《牧师生活场景》和《亚当·贝德》、里德的《亡羊补牢为时未晚》、克雷克夫人的《约翰·哈利法克斯》、托马斯·休斯的《汤姆·布朗的学生时代》、卡莱尔的《弗雷德里克大帝》、达尔文的《物种起源》（这部著作标志着一个新时代的开始，像晴天霹雳一样砸在信奉传统的公众头上，遭遇了激烈的质疑和反对，多年以后这种质疑和反对才逐渐消失）、梅雷迪斯的《理查德·帕热拉尔的磨难》、菲茨杰拉德的《随笔和评论》和他翻译的波斯诗人奥玛开阳的作品、科林斯的《白衣女人》等。在接下来的十年里，也就是1861年至1870年，出版的重要作品包括帕尔格雷夫的《英诗金库》、斯迈尔斯的《工程师的生活》、赫伯特·斯宾塞的《第一原理》、科伦索的《摩西五经》、亨利·伍德夫人的《东林怨》（已售出43万册，伍德夫人的小说共36卷，总销量超过200万册）、布拉德顿小姐的《奥德利夫人的秘密》、莱尔的《人类的古老历史》、赫胥黎的《人类在自然中的地位》、金莱克的《克里米亚》、乔治·艾略特的《罗摩拉》、史密斯的《圣经辞典》、纽曼的《自辩书》、丁尼生的《伊诺克·雅顿》、斯温伯恩的《亚特兰大》、尼采的《瞧！这个人》、莱基的《理性主义史》、拉伯克的《史前时代》、刘易斯·卡罗尔的《爱丽丝梦游仙境》、维多利亚女王的《女王高地日记》、布朗宁的《指环与书》、莫里斯的《人间天堂》、布莱克莫尔的《洛娜·多恩》、达尔文的《人类后裔》、威廉·布莱克的《赫斯之女》、斯坦利的《我如何找到了利文斯通》、阿诺德的《文学与教条》、乔治·艾略特的《米德尔马契》、佩特的《文艺复兴研究》、法勒的《耶稣基督与圣保罗的生活》、格林的《英国人民简史》、查尔斯·格雷维尔的《格雷维尔回忆录》、哈代的《远离尘嚣》、乔治·艾略特的《丹尼尔的半生缘》、麦卡锡的《我们这个时代的历史》、阿诺德的《亚洲之光》。从1870年至今，也出版了许多重要的著作，但不需要概括。

许多书商，就像他们卖的书一样，来了又走，他们的名字只留在业内老一辈人的记忆中。在以前，图书销售作为一个独立行业几乎与出版行业完全分离，不过当时也有一些优秀的书商和现在一样，在出版领域进行有限的投资。

我们来看看书商的名单，这也是值得关注的焦点之一，因为对于大多数书商来说，他们的过往还是很吸引人的。为了避免乏味，我们只列举一些曾经是这个行业的支柱的书商，例如以少年文学闻名的哈维和达顿、伦利、约翰·查普曼、莉莉、J.理查德森、皮卡迪利大街的皮克林、霍尔本的威尔、本特、C. H. 劳、纽曼、卡德尔、布克、邓肯、布恩、布斯、贝恩斯、费罗斯、瓦尔比、凯普斯、奥尔、博斯沃斯和哈里森艾洛特、桑德斯和奥特莱等。这些书商只是维多利亚时代诸多书商中的一小部分。

出版商和书商的关系很紧密，他们经常一边共进晚餐一边洽谈商业合作，就像许多旧习俗一样，这样的商业宴会已经被新的秩序所取代。出版商和书商的商业宴会可以追溯到伊丽莎白时代，曾经兴盛一时，而现在开始逐渐消失了。在50年前，只要是有名气的出版商几乎都会举办自己的商业晚宴，那是一场十分有趣的聚会。主要的图书拍卖商会举行盛大的图书拍卖晚宴，并以特别优惠的价格将图书卖给伦敦和威斯敏斯特的书商，这对书商来说非常有利。在将近190年的时间里，这些图书拍卖晚宴先后在五个固定的地点举行，最后一个是奥尔德斯盖特大街的阿尔比翁饭店。所有的图书拍卖晚宴都有一个固定的形式，待拍卖的图书目录总是写在一张对开页的黄色布纹纸上。

我们在浏览19世纪40年代早期的那些图书拍卖目录时，会发现当时的书商购买的图书类型十分有趣。我们先来看看出版商查尔斯·赖特在卢德门山大街22号举行的图书拍卖宴会，目录上写着"宴会将于两点开始"，下面有布鲁厄姆的作品，占了很大篇幅，还有尤亚特的《狗》和实用知识传播学会发行的其他作品。《工业图书馆》《莎翁戏剧连环画》《每周图书》《便士百科全书》《便士杂志》《英格兰史》和马蒂诺的《玩伴》，这些图书都找到了大买主。再来看看朗曼出版社的目录，阿克顿的《烹饪》、瑟尔沃尔的《希腊史》、曼德的《宝藏》、休厄尔小姐的《艾米·赫伯特》和拉德纳的《百科全书》，还有巴特勒、戈德史密斯、马塞特夫人和里德尔的作品。上面提到的都是一些重要作品，但现在都不再发行了。

也有一些出版商会合并销售图书，例如格兰特和格里菲斯、奥尔出版公司、西利、史密斯和埃尔德出版公司就曾在一个目录上合并销售图书。他们的目录上包括比克斯特斯的宗教著作、夏洛特·伊丽莎白的小说、乔维特的《信仰基督教的访客》、奥尔的内阁特刊、达尔文的《珊瑚礁》以及格兰特和格里菲斯最受欢迎的青少年读物。哈维、达顿、史蒂文斯和诺顿也有一个联合销售。目录包括坎贝尔的《大臣们的生活》、拜伦的作品、《本土和殖民地图书馆》、R. 多伊尔插图版的《精灵指环》、马卡姆的历史著作、一位女士所著的《家庭烹饪新体系》、史密斯的《希腊和罗马文物词典》和华兹华斯最受欢迎的《拉丁语语法》。威廉·泰格举行的一次宴会上也有许多引人注目的图书，包括安东的古典书籍、《孩子们自己的书》、80卷的《家庭图书馆》、玛丽·霍伊特的故事集、《梅多斯词典》和彼得·帕利的作品，引起了很多书商的浓厚兴趣。除此之外还有不同的图书拍卖方式，例如尾货折扣图书销售专场、版权分红模式等，也有新书、尾货折扣图书和版权分红组合销售的情况。H. G. 伯恩是尾货折扣图书销售最重要的人物，他的图书目录上包括价格和库存介绍，20张印刷得很密的对开页上写满了多得惊人的图书，其中包括许多非常有价值的作品。多尔曼、休斯敦和斯通曼、劳特里奇、瑞克比、沃什伯恩曾联合举办过图书销售宴会，在这次宴会上，除了新书和尾货折扣图书以外，还有很多值得关注的图书，例如安斯沃思的《词典》、波伊尔的《法语词典》、德布雷特的《英国贵族》和英奇博尔德的《自然与艺术》。

这些促销活动每年会举办两次，我们提到的书单只是促销活动上无数图书的一个例子，旨在说明当时业内流行的一些有趣的习惯。图书交换和同行买卖一样，现在实际上已经消失不见了，只有极少数例外。在对图书销售的现状提出批评之前，我们不妨先来了解一下从书商的角度来看非常重要，而且引起公众极大兴趣的几个事件。

其中最重要的是《圣经》修订版的出版，1881年《新约全书》出版，1885年《旧约全书》出版。对当时的人来说，印刷版《圣经》的生产过程、保密的印刷方式以及所需的巨量纸张，都是令人十分好奇的问题，或许我们这一代人的生活中不会再发生比《圣经》的出版更有趣的事情了。

1879年，穆雷博士的重要著作《英语词典》问世。1885年，《英国人物传记辞典》第一卷出版。当然，关注这些事情的人也不会忘记麦考莱的《英格兰史》、利文斯通的《旅行》和斯坦利的《我如何找到了利文斯通》这些著作的出版。

1852年3月20日，斯托夫人的《汤姆叔叔的小屋》在美国出版，同年4月，这本书在英国出版。最开始的时候，这本书被提交给几个伦敦的出版商，但是都被拒绝了，最后克拉克出版公司将这部后来在书商眼里被视为最受欢迎的通俗作品出版。第一版印刷的数量是7000册，但是到了第二年7月，这本小说每周的销售量就达到了1000册。这是桑普森·洛先生后来的销售报告：

1852年4月至12月这8个月里，这本书先后出版了12个不同版本（不是重印发行），而在1852年4月至次年4月，伦敦有18家不同的出版社为了满足当时巨大的读者需求，一共出版了40个不同的版本，从昂贵的精美插图版本到便宜的简装版都有。在仔细分析所有这些版本并根据确定的事实进行推断之后，我可以相当自信地说，这本书在英国和各殖民地流通的总数量超过150万册。

还有一点十分令人欣慰，在斯托夫人的《汤姆叔叔的小屋》大受欢迎的这一时期，莎士比亚的著作、斯科特的小说和鲍斯威尔的《约翰逊的一生》这些作品在公众心中的声望不但没有下降，反而有所上升。不太出名的诗人在维多利亚时代出版了大量作品，三卷本小说也是在那个时代绝迹的，这都是当时图书界的重要事件。

1842年，英国《版权法》延长版权保护期，确定了版权所有者至少拥有42年的版权权利，正如卡莱尔所说，在这段时间内，"禁止盗版翻印的偷窃行为"。1850年，国会又通过了《免费图书馆法案》。

正如伊丽莎白时代被后人称为戏剧的时代，维多利亚时代也可以被称为小说和图书的时代，正是这些书改变了当时整个社会的宗教思想，对神职人员和信众的观念产生了巨大影响，人们的思想变得更加自由。这种影响和改变也完全证明了维多利亚时代的文学已经注入了科学精神，并淘汰了许多陈旧的传统观念。有两本著作对塑造这种自由精神居功至伟，分别是赫克尔的《自然创造史的遗迹》和达尔文的《物种起源》。这两本著作引导人们从一个全新的角度来研究自然，并发起了一场无声的革命。这种精神已经被赫胥黎、廷德尔和赫伯特·斯宾塞等人发扬光大，而且令人惊奇的是，公众对这些人的看法也发生了翻天覆地的变化，尤其是达尔文，他的名字一度是无神论者的同义词。但他的学说活了下来，举行达尔文的葬礼时，人们还在威斯敏斯特大教堂为他举行了纪念仪式。谁能忘记《散文与评论》出版时所遭遇的质疑和反对？然而其中主要的散文家爱德华·怀特·本森后来还成了坎特伯雷大主教。《摩西五经》和《自辩书》的出版震惊了整个宗教界，这两本书为净化当时的宗教氛围做出了重要贡献，并开启了一个新的时代，在这个时代，人类的理性获得了和超自然一样的重视。这种进步在小说中体现得尤为明显，从简·奥斯汀、戈尔夫人、摩根夫人、特罗洛普夫人和这个时代的其他先驱，再到乔治·艾略特、梅雷迪思、哈代等人，他们不仅向读者展示了这种进步的思想，而且把他们带入其中，亲身体会这种思想的动机和行动。我们暂时不将现代作家和那个时代的作家相比较，但有一点毋庸置疑，那就是没有哪个时代和国家像维多利亚时代的英国那样在这方面展现出了无与伦比的活力，而且从广义上来讲，小说的影响肯定是正面和积极的。

扫码立领
★ 书店小故事
★ 同类作品推荐
★ 小说交流群

莎士比亚书店开业了

【美】西尔维娅·比奇

李江艳 译

西尔维娅·比奇（Sylvia Beach，1887—1962）于1919年在巴黎奥德翁路上开了一家叫"莎士比亚"的书店。当时在巴黎的海明威、菲茨杰拉德、斯坦因等"迷惘的一代"都是西尔维娅·比奇的座上宾。

本篇选自西尔维娅·比奇于1956年出版的回忆录《莎士比亚书店》，文中简单介绍了她一生中最重要的事业，也是全世界文学爱好者的朝圣之地——莎士比亚书店的诞生。

我没有专门挑选我的书店开业的日子，而是决定只要一准备好就立即营业。

这一天终于到了，所有我买得起的书都摆上了书架，走进书店的顾客不会被梯子和油漆桶绊到。莎士比亚书店开业了，这一天是1919年11月19日。我从8月份就一直在为这一天做准备。橱窗里陈列着莎士比亚、乔叟、艾略特和乔伊斯等人的作品。还有艾德丽安最喜欢的英语书《三人同舟》。店里的书架上摆着《国家》《新共和》《转盘》《新群众》《花花公子》《通俗故事集》《利己主义者》《新英国评论》和其他一些文学杂志。墙上挂着我收藏的两幅布莱克的画作，惠特曼和爱伦·坡的照片，还有两张奥斯卡·王尔德穿着天鹅绒马裤、披着斗篷的照片。相框里装裱着一些王尔德的书信，这些书信是一个塞浦路斯朋友拜伦·库恩送给我的。还有几篇惠特曼潦草的手稿也装裱在相框里，那是惠特曼送给我姑姑艾格尼丝·奥比森的礼物。艾格尼丝·奥比森姑姑还在布林莫尔学院读书的时候，曾经和她的朋友艾丽斯·史密斯一起前往卡姆登拜访过惠特曼。（后来艾丽斯·史密斯嫁给了伯特兰·罗素，她的姐姐玛丽琴嫁给了伯纳德·贝伦森，她的哥哥洛根·皮尔索尔·史密斯写了一部自传《忘却的岁月》，书中讲述了这个家庭的一些趣事。）艾丽斯·史密斯的母亲曾送给惠特曼一把扶手靠椅，当艾格尼丝·奥比森和艾丽斯·史密斯前往卡姆登拜访惠特曼的时候，惠特曼就坐在这把靠椅上。我的姑姑当时还是一个腼腆的年轻学生，她注意到地板上到处都是散落的手稿，废纸篓里也有一些。她捡起了一些字迹潦草的手稿，大部分都写在惠特曼收到的书信的背面，她鼓起勇气询问惠特曼自己是否可以保留这几张手稿，惠特曼亲切地回答道："当然可以，亲爱的。"就这样，我们家收藏了一些惠特曼的手稿。

许多朋友一直期待着莎士比亚书店开业，所以书店开业的消息很快不胫而走。不过，我还真没有准备好迎接客人，我觉得要是能安静一下也很好，因为我至少需要一整天时间来仔细端详我的这间莎士比亚书店。但是，当第一批朋友到来时，这间小书店就再也没有安静过。从那一刻起，20多年来，朋友们从来没有给我独处冥想的时间。

正如我所预见的那样，在巴黎，借书的生意要比卖书容易得多。英国作家中唯一的廉价版本是陶赫尼茨和康纳德，但是在那个年代，他们并没有比吉卜林和哈代更成功。现代英美作家的作品在法国人眼里更是奢侈品，尤其是要把英镑和美元兑换成法郎的时候。这就是为什么我特别想开一家外借书店的原因。我希望把所有我自己喜欢的东西和巴黎的人们分享。

我的外借书店是按照艾德丽安所说的"美国E计划"运转的，不过我不知道这个"美国E计划"到底是什么。艾德丽安使用的这个系统的图书目录、卡片索引和机械设备会让任何一位美国的图书管理员感到震惊，但是这个系统非常适合我这间外借书店。没有图书目录——因为我更希望人们自己找到读书的需求；没有卡片索引——所以只能用脑子记住，就像记忆力超群的艾德丽安那样，她可以记住每一本书都借给了谁。

当然我们还是有记录客户信息的大卡片，上面写着会员的姓名、地址、借阅期限、借阅费和押金，以及借阅记录。一个会员一次可以借阅一两本书，可以随时更换，或者保留两周。每个会员还有一张会员卡，会员到期续费或者余额不足的时候就用这张会员卡办理交费，有人告诉我，这张小小的会员卡和护照一样好用。

莎士比亚书店的第一批会员中有一位医学院的学生，她叫特蕾莎·伯特兰，出身于一个著名的科学世家，现在已经是医生和医学博士。我很开心地见证了她的事业，她总是顺利地通过各种考试，总是名列前茅，还被指定为"医院医师"，她也是第一个获此殊荣的女性。特蕾莎·伯特兰的工作很忙，但她仍然抽空阅读了我书店里所有新出版的美国图书，她始终都是我的会员。

还有一个会员叫纪德，他是艾德丽安介绍来的。纪德一直在鼓励和促进我的事业，我非常喜欢他对我的帮助。我在纪德面前总是有点胆怯，但艾德丽安却不以为然。我非常荣幸地为纪德登记了会员卡："姓名：安德烈·纪德；地址：巴黎蒙莫朗西别墅1号；借阅期限：一年。"

纪德长得又高又帅。我第一次见到他的时候，他戴着一顶阔边斯泰森毡帽，肩上披着一件斗篷，高高的身材显得非常潇洒，当他大步走来时，令人印象深刻。纪德对莎士比亚书店和我这个书店老板一直都很感兴趣。

安德烈·莫鲁瓦也是最早为我送来祝福的朋友之一。他还为我带来了他新出版的杰作《布朗布勒上校的沉默》。

莎士比亚公司

【美】海明威

李文俊 译

欧内斯特·海明威（Ernest Hemingway，1899—1961），美国小说家、记者，"迷惘的一代"代表作家，对现当代美国和世界文学有着极为深远的影响。1953年凭借《老人与海》获普利策奖，1954年获诺贝尔文学奖。代表作有《太阳照常升起》《永别了，武器》《丧钟为谁而鸣》《流动的盛宴》等。

本篇选自《流动的盛宴》。20世纪20年代，海明威以驻欧记者身份旅居巴黎，曾是莎士比亚书店的座上客。在历史上不计其数的关于巴黎的作品中，《流动的盛宴》是最著名的作品之一，已经成为巴黎的"文化名片"，被广为传诵。

在那些日子里，因为无钱买书，我便从莎士比亚公司的借书部借书看。借书部与书店由西尔维娅·比奇开设在奥德翁路12号。在一条寒冷、刮风的街上，能躲进这个地方真让人感到温暖惬意，冬天生有一只大火炉，桌子与书架上都摆满了书，橱窗里陈列着新书，墙上挂着著名作家的照片，有已故世的，也有依然健在的。那些照片看来都像是生活照，连已故世的作家看上去也似乎尚在人间。西尔维娅有一张生气勃勃、棱角分明的脸，一双褐色的眼睛像小动物般灵活，像少女般欢欣。她的带波纹的棕发从白皙的前额往后梳，浓密地垂到耳际底下，在那儿唰地剪齐，正挨着她所穿咖啡色丝绒夹克的衣领。她那双腿长得很美，人很和气，老是笑盈盈、兴致勃勃的，她喜欢开玩笑和聊天。我认识的人里再没有一个比她待我更加和善的了。

我初次进入那家书店时非常胆怯，因为并未带够加入借书部的押金。她告诉我什么时候带够钱了再交都可以，接着便给我办了借书卡，还说我想借多少本都行。

她没有理由相信我。她不认得我，而我写给她的地址"拉摩瓦纳红衣主教街74号"又是在一个再穷不过的地段。但她却是那么高兴与喜滋滋的，非常欢迎我来，而在她身后，则是高抵墙顶并延伸到通往后院里间的一排排放满了书的木架，那可是书店的宝藏。

我首先从屠格涅夫开始，取下两卷本的《猎人笔记》和D. H. 劳伦斯的一部早期作品，大概是《儿子与情人》。西尔维娅说我若是想就再拿几本，我便选了康斯坦斯·加内特译的《战争与和平》以及陀思妥耶夫斯基的《赌徒及其他》。

"你如果打算把这么些书全都读完，是不会很快再来的。"西尔维娅说。

"我会回来交款的，"我说，"我住处还有些钱。"

"我可不是这个意思，"她说，"你方便时交付就是了。"

"乔伊斯一般什么时候来？"我问。

"他要来的话，总要到下午挺晚的时候了，"她说，"你从来未曾见到他吗？"

"我们在米肖餐厅见到他和家人一起吃饭，"我说，"不过人家吃饭时盯着看很没礼貌，而且米肖是一家高级餐厅。"

"你们在家里吃饭的吧？"

"现在基本上是的，"我说，"家里的那位饭做得不错。"

"你们住的那一带近处没有什么好餐馆，对吧？"

"没有。你怎么知道的？"

"拉尔博在那边住过，"她说，"除了这一点，他倒是挺喜欢那一带的。"

"离家近些味道还行的便宜餐馆，就得往先贤祠那边走过去一段了。"

"那一带我不熟。我们就在家里吃饭。你和你太太有空一定要来呀。"

"等你先看我是不是把款付清了再说吧，"我说，"不过我还是得谢谢你的邀请。"

"书也不用看得太急的。"她说。

在拉摩瓦纳红衣主教街的家是个两居室的套间，没有热水，也不带卫生设备，只有一个消毒便桶，对于一个习惯了密歇根州室外茅房的人来说倒不会觉得有什么不舒服。但是这儿能眺望美好的景色，地板上铺上弹簧软垫便是张挺舒服的床，墙上挂有我们喜欢的画，那就是个让人感到欢乐愉快的住处了。我捧了一摞书回到那里便告诉妻子我发现的那个好去处的种种情况。

"可是塔迪，今天下午你就必须去把钱付清了。"她说。

"我当然会的，"我说，"咱俩一块儿去。然后就沿着河边和码头散步。"

"咱们还是走塞纳路吧，这样就能看所有的画廊和商店橱窗了。"

"那当然。咱们可以信步而行，见到哪家新开的咖啡馆，就进去坐坐，那里我们不认识谁，也没有谁认识我们，咱们可以喝上一杯酒。"

"咱们可以喝两杯。"

"然后再找个地方吃饭。"

"不行。别忘了咱们还得付借书部的钱呢。"

"那我们回家吃，吃一顿挺有味道的饭，喝从合作商店买来的博纳酒，你从窗口望出去就能见到橱窗上贴的博纳酒的价格。吃完饭我们看一会儿书然后上床亲热亲热。"

"咱们永远不爱别人，光就咱俩好。"

"就是。绝对不爱别人。"

"多么美好的下午和傍晚啊。我们现在就吃饭吧。"

"我可饿坏了，"我说，"我在咖啡馆写作时只喝了一杯奶油咖啡。"

"写得顺利吗，塔迪？"

"我看还行。我希望能这样。咱们午饭有什么吃的？"

"小红萝卜，还有挺嫩的小牛肝配土豆泥，外加菊苣沙拉。最后是苹果馅饼。"

"咱们能弄到世界上种种好书读了，出外旅行时还可以带上。"

"这样做不违规吧？"

"当然没有。"

"她也有亨利·詹姆斯的书吗？"

"当然。"

"我的天，"她说，"你找到了那样的地方，咱们太幸运了。"

"咱们一直都是交好运的。"我说，就跟傻瓜似的，竟忘了去敲敲木头。公寓里随处都有木头，要敲到太方便了。[1]

---

1 英美人认为一个人遇到好运需敲敲木头，以免运气走失。

书店回忆

【英】乔治·奥威尔

李江艳 译

乔治·奥威尔（George Orwell，1903—1950），英国小说家、记者和社会评论家。乔治·奥威尔用敏锐的洞察力和犀利的文笔审视和记录着他所生活的那个时代，做出了许多超越时代的预言，被称为"一代人的冷峻良知"。他的著作《一九八四》被认为是20世纪影响最大的英语小说之一。

本篇发表于1936年，记述了乔治·奥威尔在一家旧书店里当兼职店员的经历。作者写实的手法展现了他当时的内心感受，也描绘了一幅当时的书店和顾客的肖像画，颇引人深思。

倘若你没有在旧书店工作过，你很可能会把旧书店想象得和天堂一样，在那里，总是有散发着儒雅魅力的老绅士翻阅着小牛皮封面的对开本经典著作。然而，就我自己在一家旧书店的工作经历而言，事实绝非如此，令我印象深刻的恰恰相反——真正的读书人可谓凤毛麟角。我们那家书店的图书数量多得数不清，但是知道其中哪本书好、哪本书不好的顾客恐怕十无一二。店里最常见的顾客是那些来给侄子挑选生日礼物的女士们，她们根本不懂书，完全不知道应该买什么书；然后就是来买便宜教科书的东方留学生，他们不停地还价；还有冒充内行的附庸风雅之辈只买初版图书；真正的文学爱好者其实没有几个。

　　大部分光顾二手书店的主顾都是那种在哪里都讨人厌的人，但是他们在我这里却变成了上帝。例如，某位可爱的老太太告诉我，"想买一本给残疾人看的书"，这种荒唐的要求很常见。还有一位可爱的老太太说她在1897年看过一本很不错的书，问我能不能帮她找找，然而她不记得书名，也不记得作者，当然也不记得书里的内容，她只记得那本书的封面是红色的。这样的顾客其实还算好的，还有两种众所周知的讨厌鬼，每一家二手书店都对他们这些人头疼不已。一种人每天都来，有时候一天会来好几次，浑身散发着一股腐烂面包渣的气味，缠着你买下他那些一文不值的破书。另一种人会到书店里订购大量图书，但压根就不想付钱。我们书店从不赊账，不过顾客可以订购，我们会把他想要的书放在一边保管，等他日后来取。然而，真正回来取走预订图书的顾客还不到一半。一开始我对此非常困惑，他们为什么要这么做呢？他们走进书店，询问一些稀有的昂贵图书，再三要求我们为他们保留这本书，然后走出店门，便再也没有回来过。后来我明白了，他们大都是不折不扣的妄想狂。他们巧舌如簧，常常编造出各种离奇的故事，解释他们很不凑巧地出门没带钱，我敢肯定，很多时候他们完全相信自己编造的谎言和故事。像伦敦这样的城市里，总是有许多不正常的疯子在街上游荡，他们往往会被书店吸引，因为书店是为数不多的几个可以不用花钱就能逛很长时间的地方。久而久之，人们几乎一眼就能辨认出这些人。就算他们口吐莲花，时间一长也会被人识破谎言。当我遇到这些妄想狂的时候，一般都会把他要的书先放在一边，等他一离开便立刻放回书架上去。我注意到，这些人从来没有不付钱就把书带走的企图，他们只是预订一下就满足了，我猜想，这可能给了他们一种错觉，让他们以为自己真的在花钱。

像大多数二手书店一样，我们书店也有各种副业，例如出售二手打字机。我们也卖邮票，不过是用过的邮票。集邮爱好者都很奇怪，他们像鱼一样闷不作声，各种年龄段的都有，不过都是男性；女性显然不能理解把这些花花绿绿的纸片贴在相册里有什么特殊的乐趣。我们还卖过一个自称预言了日本地震的人编的星座运势图，卖了6便士。星座运势图装在一个密封的信封里，我从没打开看过，但是买家常常到书店里告诉我们，这个星座运势图预测的运势是多么灵验。（任何预测星座运势的书都会告诉你，你对异性很有吸引力，你最大的缺点是为人慷慨，毫无疑问，你会认为这样的预测太灵验了。）我们书店里儿童图书的生意非常好，主要是打折销售的廉价书。现在的儿童图书简直太可怕了，尤其是当它们成堆地出现在你眼前的时候，实在令人望而生畏。就我个人而言，我宁愿给孩子们推荐《仲裁者彼得罗纽斯》，也不愿意卖给他们《彼得·潘》，就连巴里的作品，都比后来模仿他的那些人的作品更有阳刚之气、更有益于身心健康。在圣诞节期间，圣诞贺卡和日历一定会热卖，我们会有十来天时间一直忙着卖这些东西，虽然这些东西无聊透顶，但终归可以在年底赚到不少钱。每当看到基督徒的宗教情感被蛮不讲理的自私自利者利用时，我就会感到很好奇。圣诞卡公司的业务员每年早在6月就会带着他们的商品目录到书店里来推销，我始终都记得他们其中一张单据上的一句话："24张耶稣圣婴和小兔子图案的圣诞贺卡。"

不过我们的主要副业还是图书外借，就是那种"两便士租一本，免押金"的业务，可以借阅的图书大概五六百本，全部都是小说。偷书贼们一定爱死这种租书店了！从一家书店花两个便士租来一本书，撕掉标签，然后作价一先令卖到另一家书店，这肯定是世界上最容易的骗钱把戏了。尽管如此，书店老板还是认为忍受一定的数量的被盗（我们书店曾经一个月丢了12本书）比收取押金把顾客都吓跑要好点。

我们书店正好位于汉普斯特德和卡姆登两个城区的交界处，到店里光顾的顾客上至准男爵，下至公交车售票员，什么人都有。因此，我们书店的图书租赁情况应该可以比较公正地代表伦敦人们的总体阅读水平。在我们书店租出最多的是哪位作家的作品呢？既不是普里斯特莱或者海明威，也不是沃波尔或者沃德豪斯，而是埃塞尔·黛尔，其次是沃里克·迪平，排在第三位的应该是杰弗里·法诺。埃塞尔·黛尔小说的读者当然都是女性，但也不是像人们猜想的那样，都是些恨嫁的老处女和烟草店的胖老板娘，实际上埃塞尔·黛尔的拥趸各个年龄段的女性都有。要是说男人们都不看小说恐怕也有失偏颇，但有些类型的小说他们确实不会看。粗略地说，他们不看所谓的通俗小说，也就是那些一般的、不好不坏的典型英国小说，这些似乎都是专门写给女性读者看的。男人们要么读那些真正值得尊敬的小说作品，要么读侦探小说，他们对侦探小说的阅读量大得惊人。我知道我们书店有位顾客十分热衷于侦探小说，在一年多的时间里，他每个星期都要从我这里借走四五本侦探小说，而且他肯定还在另一家书店租书看。让我惊讶的是同一本小说他从来不会看第二遍。很显然，这么多文学垃圾已经牢牢地占据了他的脑子（我估算了一下，他每年阅读的侦探小说的书页要是摊开的话能铺满四分之三英亩那么大的地方）。他根本不会留意书名或者作者，但是他只要瞅一眼就知道这本书是不是自己已经"看过了"。

在外借书店里，你可以看到人们真正的阅读品位，而不是他们平素假装的那样。有件事情你要是知道了一定会震惊无比，那就是古典英国小说家已经彻底失宠了。如果你把狄更斯、萨克雷、简·奥斯汀、特罗洛普这些人的作品摆上租书柜台，我敢肯定不会有人把这些书抽出来，哪怕翻几页再放回去都不会。人们只要看见这些19世纪的著作就会说，"噢，这书太老了！"说完便马上跳过这本去看下一本。然而，卖书和借书不一样，狄更斯的书总是不愁卖，就像莎士比亚的书总是非常好卖一样。狄更斯属于人们"总是想读一读"的那种作家之一，关于他的书，人们所了解的多半都是道听途说，从别人口里知道的，就像《圣经》一样，大家都听说过不少关于《圣经》的内容，但原原本本读完《圣经》的人恐怕也不多。人们知道比尔·赛克斯是个十足的恶棍和杀人犯，也知道孤儿皮普跌宕起伏的命运，不过这都是从别人口中听来的，就好像他们听别人说摩西被发现的时候躺在一个篮子里，还听说摩西在山上受过神谕一样。还有一个非常值得注意的事情是美国小说变得越来越不受欢迎。另外，近两三年一些出版商感到十分焦虑，因为短篇小说的读者越来越少。许多顾客总是让我们推荐一些书，但是就像我的一位德国顾客一样，他们开口就会说"我不想看短篇小说"，或者"我对短故事没有兴趣"。如果你问他们为什么，他们有时候会解释说，要适应每个故事里的新角色实在是很麻烦，他们喜欢读完第一章之后就沉浸在一部不需要进一步思考的小说中。对于这种情况，我觉得作者比读者的责任更大，当代大多数短篇小说，无论是英国的还是美国的，都沉闷无趣，毫无文学价值可言，远远不及大部分中篇和长篇小说。只有像戴维·赫伯特·劳伦斯写的短篇小说才能赢得读者的赞誉，他的短篇小说和他的长篇小说一样很受欢迎。

我自己想成为一个书店老板吗？我在书店里度过了一段还算不错的时光，但是我基本上没有自己当老板的想法。

如果能找个好地点，准备一些资金，任何一个受过教育的人应该都可以通过经营书店获得虽然不算丰厚但比较稳定的收入，过日子不成问题。只要你不是打算经营珍本图书，这门生意就不算很难，倘若你对书的意义有些认识，你就会有很大的优势来做这件事情。（大多数书店老板都对书籍一窍不通。随便看看他们求购旧书的广告，许多必备的经典著作都可能出现在他们的求购目录里，他们的水平也就可想而知了。）而且这终归算是一个比较高尚的行业，不可能变得过于庸俗化。再大的书店也不可能像行业寡头压榨杂货商和送奶工一样压榨小型独立书店。但是这一行的工作时间很长，例如我自己，我只是一个兼职员工，却需要为老板每周工作70小时（尽管我经常在工作时间跑出去买书），这样的工作时长肯定是一种不健康的生活方式。书店在冬天肯定会冷得可怕，因为如果室内温度高一些的话，橱窗就会被雾气笼罩变得看不清，而书店生意的根基所在正是清楚的橱窗展示。书籍产生的灰尘比目前任何一种人类发明都更多，味道也更难闻，而且绿头苍蝇临死之前最喜欢把书上面当作自己最后的归宿。

但这些都不是我不愿意一辈子从事书店这一行的真正原因，真正的原因是我在书店里的这段经历让我失去了对书籍的热爱。一个书店老板为了做生意不得不说些违心的假话，时间一长，难免会磨灭他对书籍的喜爱，更糟糕的是还要不停地把书搬来搬去打扫灰尘。曾经有一段时间，我真的非常爱书——我喜欢手里捧着书阅读，隐隐闻到书香的感觉，当然，我说的是至少50年前或者更早的旧书。对我来说，最开心的事情莫过于在乡村拍卖会上花一个先令买回一大堆这种旧书了。从一大堆书中挑选出你真心喜欢的书确实是一种莫大的享受，尽管这些书已经有些残破。18世纪名不见经传的小诗人的诗集、过期的杂志、被遗忘的小说以及19世纪60年代女性杂志的合订本，这些书都散发着迷人的香气。对于休闲读物来说，比如说你躺在浴缸里洗澡的时候，或者深夜里因为太疲惫而难以入睡的时候，又或者在午饭前无所事事的那十几分钟里，没有什么比翻看一下过期的《女生园地》更合适的了。但是，自从我到书店工作以后，我就没有再买书了。每天面对着数不清的书，五千本或者一万本，这让人感到厌烦，甚至恶心。现在我只是偶尔买一本书，而且是我想看但借不到的书，当然我从来不会买那些文学垃圾。那些历尽沧桑的破旧书页所散发出的迷人香气再也无法吸引我了，因为在我的脑海里，曾经让我魂牵梦萦的书香现在已经和那些令人厌恶的妄想狂和绿头苍蝇的尸体搅在一起了。

淘书狂

【美】尤金·菲尔德

秦传安 译

尤金·菲尔德（Eugene Field，1850—1895），美国诗人、专栏作家。他还是颇负盛名的藏书家，他的藏书楼现属圣路易斯市玩具博物馆，向全市公立学校的学生免费开放。他对书籍的一腔柔情都寄托在遗作《书痴的爱情事件》中。在写完该书第19章后两天，尤金·菲尔德在睡梦中与世长辞。

本篇选自《书痴的爱情事件》，作者向我们展示了他对书籍的狂热，也诠释了何为纯粹意义上的藏书家。

凯普提薇蒂·韦特从来都不赞成我对童话作品的喜爱。但只要提及《鲁宾孙漂流记》，她就能分享我所表现出来的热情：笛福的冒险故事中，恰好有足够的庄重和足够的虔诚，能唤起凯普提薇蒂·韦特宗教气质中的某种同情。一旦涉猎的小说中包含女巫、妖怪以及诸如此类的胡说八道，凯普提薇蒂就有些吃不消了，这个小清教徒会心生厌恶。

但我有书面证据，能证明凯普提薇蒂的祖先（父系和母系）在殖民地全盛时期，被认为是迷信的卑贱奴仆。塞勒姆的韦特们曾经以女巫的迫害者而闻名。西奈·希金波森（凯普提薇蒂母系家族的远祖）是科顿·马瑟的好友，骑马绕绞架而行，和他在一起的是热心于此种难忘场合的神学家：当时，有五个年轻的女人被绞死，因为丹弗斯指控她们用那该死的魔法艺术折磨年幼的孩子们。人类的思想就像一个巨大的钟摆，总是从一个极端摆向另一个极端。在五代人的范围内，我们发现清教徒最初是一个鬼神学和魔法的坚定信徒，而后又成了一个嘲笑者，他嘲笑任何事情，包括幻想游戏。

我一度对凯普提薇蒂·韦特很苛刻，但现在对她已不再怀有恶意。正相反，在这遥远的时刻，当我们的同情已经完全一致，当我们的生命之旅已经在友情中走过了青春的小径，这种友情因纯真、忠诚以及童年时代的诚实而变得神圣，我回忆从前，内心充满温柔。真的，我能肯定，早年的友情留给我生命的印痕持久绵长。我曾经许许多多次记起了凯普提薇蒂·韦特，我常常想知道，如果没有塞法斯叔叔送给我的那本童话书，又有什么能让我记起她呢？

她是个很漂亮的孩子，在她该逐渐成熟的时候，她的美丽、她的温柔，却丝毫没有损失。当我从大学回来的时候，这些给我留下很深的印象。她也完成了学业，并相信获得良好的教育是必要的。她在南霍利奥克修完了四年课程，并从特洛伊的威拉德夫人的神学院毕了业。"现在，"她的父亲说，语气里饱含新英格兰式的、尊重年轻女士的特别温情，"你应该回归到家庭的平静中来，在你母亲的指导下学习承担那些更重要的责任。这些责任成就你的性别角色，实现人类生活的神圣使命。"

三四年前，一个模样清秀的年轻人走到我的跟前，带着一封他母亲所写的介绍信。天哪，他就是凯普提薇蒂·韦特的儿子！如今凯普提薇蒂是位寡妇，仍然生活在原先的那个州，离她出生的地方20英里。她的丈夫帕克上校死的时候留给她一大笔财产，而她因为乐善好施在当地远近闻名。她创办了一座乡村图书馆，有几次她给我写信，商议打算要购买的图书。

我并不介意告诉你，在不久前写给她的一封信里，我满怀着恶意的快乐，这样向她暗示过去的时光："我尊贵的朋友，"我写道，"我浏览了您的乡村图书馆所藏新近出版的图书目录，在那些反复出现在现代学校的小说作品中，我发现有11册《特里比》和6册《天国孪生子》。[1]我还注意到有几部作品不在其中，它们对我早年生活的影响是如此之深，以至于我斗胆给您寄上几册，衷心希望您能仁慈地接受它们，让它们出现在您的图书馆里，这样，我将不胜欣幸之至。它们是《新

1　《特里比》是英国作家乔治·杜穆里埃的小说。《天国孪生子》是英国女作家莎拉·葛兰的作品。

英格兰初级读本》和格林的《家庭故事集》。"

23岁那年，我刚从大学毕业，并且正在阅读维庸的诗歌、卢梭的《忏悔录》和鲍斯威尔的《约翰逊的一生》，我确信自己已经理解了人类的全部智慧，懂得了所有值得去弄懂的一切。如今——如今我72岁了——我要是能够懂得我23岁时自认为已经懂得的那些，我敢肯定，那将是一个知识和智慧的奇迹。

我着手准备成为一名哲学家。祖母在我上大学二年级的时候去世了，这让我拥有了一笔数目相当可观的钱财，而那些把我和祖母的希望（她希望我成为一名福音传播者）联结起来的每一根纽带和感情债务，也被死亡切断了。当我确信自己懂得每一件事情的时候，我有了一个想法，要去开开眼界，因为我毫无旅行经验，而且认识的人也很少。

根据塞法斯叔叔的建议，我去了欧洲旅行，投入了两年时间，来开阔自己的视野，也使自己能熟悉国外的人民和习俗。这次旅行有9个月时间是在巴黎度过的，当时那是一座混乱而芜杂的城市，此外，完全和现在一样邪恶。我在拉丁区租了一套单元住宅，并且，出于一种慷慨的天性，我拿出了自己的一大笔收入，资助了几个艺术家和学生，可他们的才能和时间差不多全都用来寻欢作乐了。

就这样，为了支持这群寄生虫而奉献了一笔有形财产之后，我偶然遇见了那个后来成为我的密友的人。梅休因法官是一位巴黎观光客，我们成了愉快的伙伴。正是他把我从那群寄生虫中营救了出来，重新点燃我野心勃勃的激情，这种激情差不多因为维庸和卢梭的恶劣影响而熄灭了。梅休因法官长我一岁，他那位有钱的老爸给他提供财政支援，以满足他那些有益心智而又高尚优雅的爱好。我们俩一起去了伦敦，正是在伦敦逗留期间，我开始了作为一个藏书家的事业生涯。平心而论，对于我的恩人亦即我亲爱的朋友梅休因所给予的启发，我永远心存感激，这一启发使我走上了一条充满甜蜜惊奇和丰厚酬赏的道路。

有很多种藏书家，但我认为总的可以归为三类，即为了虚荣而收藏，为了获取知识而收藏，以及纯粹出于对于书的尊敬和爱而收藏。下述情况亦并不少见：某人藏书，一开始不过是为了满足他个人的虚荣心，但不久就深深地爱上了这项工作，成了更纯粹意义上的藏书家。

这就像一个乐于征服女人芳心的人，最后总是发现自己已经成了纯粹激情的俘虏，而本来，他不过是想以此来满足自己的虚荣心而已。我倾向于认为，在图书收藏的每一阶段，都会或多或少掺入虚荣的因素。我甚至认为，虚荣是健全性格的诸多要素之一——我指的不是那种巨大的虚荣，而是谨慎克制的虚荣。如果没有虚荣，世界就没有竞争；而没有竞争，就不会有进步。

在后来的日子里，我常常听到人们嘲笑此人或彼人，因为他只知拼命淘书，却不问书的内容为何。但在我这方面，我要说：此人所为，无可厚非。他已经朝着正确的方向，正确地出发了。可能的结果是：在其他条件相同的前提下，他将最终变成书的情人和买主。真的，我不关心起点是什么，只要它是个起点。殊途同归，此之谓也。比如登山，有人善走捷径，有人迫从险途，山石嶙峋，其路漫漫，鞋底洞穿，脚掌磨破。

这种狂热的激情，如此微妙又如此富有感染力，一个人在完全拥有它之前几乎不知道它的存在。我就认识这么一个人，一天晚上他结识了梅休因法官和我，第二天早上一觉醒来，他就成了一个不可救药的书痴。但这种激情并不总是以展示和暴烈为标志。有时候，它就像麻疹，缓慢而倔强地"长出来"，遇到这种情形，就应该借助敷药的手段，将病症从致命的部位转移走，否则更严重的后果就会发生。

这是真的，我一位很有学问的朋友奥雷尔医生就曾遇到过几次这样的情况。

他告诉我，压制淘书的狂热将带来致命的后果。那本很优秀的出版物《美国医学协会杂志》报告过很多这样的病例。顺便说一句，这本杂志是前外科主任汉密尔顿编辑的，他是服饰文献方面的著名收藏家。

长话短说，无论在何种情况下，压制淘书的狂热会直接带来疾病，对此，医学也无可奈何。俄亥俄有位医生，名叫伍德伯里，写过大量的文章来捍卫"书痴能够治愈"这一理论。但他的绝大多数同行都认为：真正的书痴病势必要经过一个有规律的过程，并且，他们坚持认为，那些引证由伍德伯里治愈的病例全是假的，要么是些冒牌货，要么就是病情不对，不过是水痘和风证，而不是麻疹。

我的书痴病的首次发作是为了几本古书。书本身是什么无关紧要，只要它的扉页或版权页上印着一个古代的日期，我就铁了心要得到它。一个月的时间里，我就淘得了一大堆旧书，有许多都编了号，几乎所有的书都惨遭虫蛀，一副可怜兮兮的样子。

有一天，我走进一个叫斯蒂布斯的人所开的小店，问他能不能弄到几本16世纪的印刷品。

"有，"斯蒂布斯先生说，"我有满满一地窖这玩意儿，一般我是论吨或者是论捆卖的。"

也就是这一天，我把自己收藏的那些老古董遣散了，只留下普林的《演员的悲剧》和《贺拉斯全集》（8卷本，1501）。然后，我就对英国民谣开始有了兴趣——一个高尚的主题，对之我一直保持着尊敬和爱。保存良好、注释丰富的那些卷册被存放在我前室中编号为3、6、9的书柜里，时刻准备着您在任何时候访问我安静、舒适的家时，展示给您看。

书商与印刷工

【美】尤金·菲尔德

秦传安 译

　　本篇与《淘书狂》一样，都选自尤金·菲尔德的遗作《书痴的爱情事件》，讲述了图书出版早期作者、书商与印刷工之间相爱相杀的有趣故事。

　　梅休因法官对我说，他担心我所说的关于书商的那些话怕是会给人造成这样的印象：我对卖书这个行当不是很友善。最近50年来，我不间断地跟书商打着交道，没有人比他们自己更清楚：对他们这个阶级，本人格外赞佩。到过舍下的人都会注意到，在我们家的墙上，挂满了一些高贵的肖像，他们有：卡克斯顿、温金·德·沃德、理查德·平森、约翰·魏奇斯、雷内·伍尔夫、约翰·戴伊、雅各布·汤森、理查德·约翰斯、约翰·邓顿，以及其他著名的老一代印刷工和书商。

　　我还收藏了为数甚巨的现代书商的肖像，包括夸里奇的钢笔素描像，雷梅尔的线雕铜版像，以及我亲爱的朋友、新近亡故的亨利·斯蒂文斯的一幅非常优秀的蚀刻版画。这些肖像中，有一幅绝对是独一无二的，因为那是我本人的涂鸦之作，而且我从不允许制作它的任何副本——画的就是我自己的书商，画面上他一身渔夫打扮，一只手拿着他的钓竿和线轴，另一只手则拿着一本《钓鱼高手》。

柯温先生讲到书商时，总是说他们"异乎寻常地节俭、能干、勤勉、坚韧——少数情况下，还异乎寻常地好冒险、不拘束、热心肠"。我自己的观察和经历则告诉我，作为一个社会阶层，书商通常特别聪明，他们和印刷工都可以归为饱学之士那类人。

然而，书商在这一点上明显要优于印刷工——他们不会接触到那些形形色色的诱惑，亦即让那些艺术品防腐技术的信徒们不能自拔地缺乏节制和挥霍无度。贺拉斯·史密斯曾经说过："如果没有读者，肯定也不会有作者。因此，作者的存在显然依赖于读者的存在：这是肯定的，因为原因必定先于结果，那么读者也就必定先于作者存在。不过，从另一方面讲，如果没有作者，也不会有读者。所以，看来作者又要先于读者了。"

使我大惑不解的是：有了一个如此精确、如此清晰、如此严密的前提，贺拉斯却没有对这一命题做进一步的展开。比如，没有书商就没有图书市场——作者无法卖，读者也无法买。

如果我们继续进行更进一步的调查，就会使我们更加确信：这三者当中，最早存在的那一个必定是书商，他在另外两者之间建立了友好的关系，说："我可以通过分别刺激你们二位的需求和供给来为你们双方提供服务。"于是，作者干作者的，读者干读者的。这就是我提出的一种更高贵的安排，比达尔文和他的调查员学校所提议的要强多了。

就其职业的自然本性而言，书商总是宽容的。他们与人类的每一阶层的交往，以及他们与书籍之间历久弥新的友谊，给了他们宽宏磊落的胸怀，使得他们能特别清晰而冷静地察视人生的每一种形相和神意的每一次眷注。他们并不总是很现实，因为人的精神和智力的发展，并非同时促进身体基本元件的使用更灵巧。我就知道几个哲学家，他们甚至不会套马鞍或者嘘小鸡。

拉尔夫·沃尔多·爱默生曾经花了好几个小时，以决定移动独轮手推车的时候到底是应该推还是应该拉。阿莫斯·布朗森·奥尔科特曾经试图建一个小鸡舍，结果用木板把自己钉在了这个小建筑物的里边，直到这时才发现自己甚至没有为这幢鸡舍留出门窗。我们也全都听说过艾萨克·牛顿这样的故事——他如何在自己书房的门上挖了两个洞，大一些的供大猫出入，小一些的供小猫出入。

像这样的不谙世事（如果愿意，你也可以称之为"无能"）正是智力发展的特性。梅休因法官的二公子名叫格罗里埃，下雨的时候甚至不知道找个地方躲一躲。这一事实使得梅休因和鄙人都相信：在适当的时候，格罗里埃这孩子会成为一个伟大的哲学家。

提到这个令人尊敬的名字，倒使我想起了有一天我的书商告诉我：就在我进入他的铺子之前，一位很有钱的诗歌和艺术的资助人，要了一本书，不过他希望重新装订一下。

"我可以寄到巴黎或伦敦，"我的书商说，"如果您没有选择别的装订师的话，我会委托赞斯多夫用最好的装饰工艺为您装订它。"

"事实上我已经选好了装订师，"这个阔佬嚷嚷道，"上周我在艺术学院注意到有大量的书是格罗里埃先生装订的，我希望自己的书也能按照同样的工艺装订。帮我把书寄给格罗里埃吧，告诉他要拿出他最好的手艺，我能支付费用，多少都没问题。"

老沃尔顿曾经在某次精彩演讲中提出这样的理论：一个优秀的钓者是天生的，非人力可为也。我一直坚持认为，书商也正是这样。在这个行当中，有许多（简直太多了）假行家。纯正的书商，进入贩书这个行当、打理图书这宗买卖，并不仅仅把它看作一门生意，也不仅仅是为了聚敛财富的目的，而是因为他爱书，因为他在传播书籍高尚影响的过程中，能感受到愉快和喜悦。

梅休因法官告诉我，在提到人或事的时候用"纯正"[1]这个

---

1 这里的"纯正"一词，原文使用的是simon-pure。这个词源自苏珊娜·桑特利维尔（1669—1723）的剧作《妻子的果断措施》中的一个角色的名字，所以才有这样的误会。

词，已不再时兴了。他说，这种时兴早在许多年前就寿终正寝了。当时，一位作家在一篇德语文章中"因为一篇英语评论而产生了一个有趣的错误。这篇英语评论的作者为了将乔治·克鲁辛格和罗伯特·克鲁辛格区别开来，便称前者确实'纯正'。这个德国人不理解这个暗示，很严肃地告诉他的读者：乔治·克鲁辛格是个笔名，他的真名是'西蒙·皮尤尔'"。

这一事件是亨利·B. 惠特利在《文学的失误》中发布的。这是一本十分迷人的书，不过其中使我更有兴味的一篇，记录的是弗雷德里克·桑德斯在他的那本《一些著名图书的故事》中所产生的古怪错误。在桑德斯这本书的第169页，我们可以找到这样的信息："在早期美洲游吟诗人当中，我们可以举达纳为例。他的富有想象力的诗篇《罪犯小仙子》（如此充盈着诗歌之美），是一篇哈得孙高地的神话故事。这首诗的起因可以追踪到与小说家库柏、诗人菲茨格林·哈勒克的一次谈话。哈勒克谈到苏格兰的河流及其相关的传说，坚持认为美国河流不容易像诗歌那样处理。达纳的想法则有所不同，并在三天之后拿出了这样一首优秀的诗作，以支持自己的立场。"

没准桑德斯写的是德雷克，因为写这首《罪犯小仙子》的人是詹姆斯·罗德曼·德雷克。或许是手写之误，才把这首诗归到了达纳名下。也有可能是桑德斯先生的字迹太清晰了，以至于印刷工对他的手稿粗心大意。

惠特利说："作家当中有一种颇受欢迎的观点，那就是：

字迹清晰是不明智的。梅纳格是发表这一观点的第一人。他写道：'如果你希望在你出版的作品中没有错误出现，就不要把书写工整的副本给印刷工。那样的话，你的手稿就会被交给年轻的学徒，他准会弄得错误百出。然而，要是让它读起来很困难的话，他们就会把手稿交给老师傅去处理。'"

我曾经从印刷品上读到过的最令人悲伤的错误，就是著名收藏家、文学家约翰·佩恩·柯里尔[1]下葬的时候。在1883年9月21日伦敦的报纸上，它是这样报道的："最近去世的约翰·佩恩·柯里尔的遗体已经于昨天在临近梅登赫德的布雷墓地安葬，有许多观众出席了葬礼。"于是，《每日东部新闻》发布了下面这样明显曲解的消息："布雷煤矿的灾难。新近去世的矿工约翰·佩恩的遗体昨天下午在布雷墓地安葬，许多朋友和观众出席了葬礼。"

对于错误的抱怨，爱书人和藏书家相去甚远。因错误而使得书反而更珍贵的事情并不罕见。谁会在乎派恩版的《贺拉斯》那些微不足道的错误呢？真正的初版霍桑的《红字》是通过序言中的印刷错漏来判断的。1716年在爱尔兰印刷的初版英文《圣经》是收藏家梦寐以求的玩意儿，究其原因，不过是因为里面有个小小的错误。以赛亚吩咐我们"不要再犯罪"，然

1　约翰·佩恩·柯里尔（1789—1883），英国莎士比亚研究专家。其姓氏Collier和"煤矿工人"一词完全一样，所以才有后面的误会。

而贝尔法斯特的印刷工竟鬼使神差地把字母掉了个个儿，十分英明地把这条训诫弄成了"更多地犯罪"。

有一本所谓的邪恶《圣经》，也是我们极难见到的一本书，因此也就奇货可居，一面难求。它印刷于查理一世时期，之所以臭名昭彰，是因为它在第七诫中漏掉了一个副词"不"。印刷工们为了这个过错而被罚了一大笔款。现在存世的邪恶《圣经》[1]，已经知道的只有6本。已故的詹姆斯·伦诺克斯曾经藏有过两本。亨利·史蒂文斯在他饶有趣味的自传中告诉我们，他曾花了50几尼在巴黎淘到过一本，真是捡了个大便宜。

拉伯雷的印刷工则因为把"穹隆"错弄成了"灵魂"，而把我们这位尖酸刻薄的博士拉进了深水沟。索邦学院[2]理事会将问题提交给弗朗西斯一世，并要求以异端的罪名起诉拉伯雷。国王拒绝这么干，拉伯雷接着就毫不犹豫地指责索邦学院理事会仅凭印刷工的错误就滥加指控，弄得理事会很是头痛。

从前，格拉斯哥的福利斯印刷公司决定要印行一套完美的《贺拉斯》，于是就将校对页挂到大学的校门上，悬赏"捉拿"每一个错误。

---

1 这本邪恶《圣经》出版于1631年，将摩西十诫中的第七诫"你们不要奸淫"误作"你们要奸淫"。这一错误激怒了国王查理一世，于是下令全部销毁，因此现在存世的极其罕见。

2 索邦学院，法国的神学院，即巴黎大学的前身。

虽然有了这样的防范措施，但这个版本最后出版时还是有6处未修订的错误。迪斯雷利说，所谓的珍版《圣经》，竟有6000个印刷错误！1507年斯特拉斯堡出版的米杜拉的皮库斯的作品，给出的勘误表占满了15个对开页。更糟糕的情况还是《米塞斯·米萨尔斯·安纳托米娅》（1561），一本172页的小书，其中有15页专门用来勘误。此书的作者因为这一长串的错误而深感委屈，于是做了一次公开说明，说这一结果完全是因为魔鬼亲自把他的手稿偷去了，篡改了，然后，竟然还强迫印刷工读错了它。

这个机智圆巧的解释是不是"印刷工魔鬼"这一术语的来源呢，对此我不是很有把握，不能乱说。

有人认为，胡说八道有时是由于一个人的感觉——或者更糟，是由于他的韵律感——所造成的，这种想法真是可怕。就在上周，在我写的一首关于春天的诗篇中，我本意是要创造一个最美的意象，但当我说到"晶莹的露珠从清新呼吸的玫瑰上滴落"时，却鬼使神差地弄成了"从清新呼吸的鼻子上滴落"[1]。

我能够想象到理查德·波森的愤怒（他老先生的火暴脾气谁人不知）。当时，他写了这样一个句子："人群用他们的呐喊撕裂了空气。"他的印刷工把这一行变成了"人群用他们的

1　玫瑰（rose）和鼻子（nose）两个单词非常接近。

猪嘴撕裂了空气"。[1]不过话说回来，自从《猪猡大众问答手册》出现以后，这样的错误也算很自然了。谈到容易犯错的问题，那不过是皇家的特权。当路易十四还是个孩子的时候，有一天他说"卡洛斯他如何如何"，他其实应该说"卡洛斯她如何如何"，但他是国王，只要他改变了卡洛斯的性别，那么这种改变就要被接受，从今往后，卡洛斯就是男的了。

报纸上出现这样的错误倒不足为奇，因为一家报社里有那么多工作要匆匆忙忙地处理。不过，有一些这样的错误非常有趣。我记得很多年前我曾读到过一家柏林的报纸，上面说："俾斯麦亲王一直在努力维持他和女孩们之间的诚实而坦率的关系。"

这句话的意思似乎不太好懂，直到后来才发现，这里的单词"mädchen"（德语：女孩），原来是印错了，本来应该是"mächten"，这个单词的意思，指的是"所有的欧洲列强"。

1　呐喊（shout）和猪嘴（snout）两个单词极为相似。

书店到底怎么搞的

【美】爱德华·纽顿

李江艳 译

爱德华·纽顿（Edward Newton，1864—1940），美国藏书家和企业家，他是20世纪欧美最重要的藏书家之一，开创了西方书话散文的新气象，树立了藏书家自己书写的新典范。

本篇选自爱德华·纽顿于1921年出版的《华丽的闹剧》，文中深入探讨了图书业和书店的现状，提出了许多很有意思的观点，并为书店的发展提出了一些可取的建议。

前一段时间，我的朋友威廉·哈里斯·阿诺德先生告诉我，他写了一篇关于如何促进书店发展的论文。这篇论文在《大西洋月刊》上刚一刊登，我就仔细读了读，但我不赞同他的结论。我觉得所有读者应该都会对这个话题感兴趣，所以我想谈一谈我自己的观点，希望能抛砖引玉。

对于书店业目前不太理想的现状，阿诺德先生提出的补救办法是让出版商授予书商"买断交易或者可退货交易的选择权"，也就是说，书商向出版商购买图书时有权退货。多年前我听说过这样一个故事，已故的安德鲁·卡耐基先生曾告诉商界人士，如果他从事一项生意，却连一个月赚了多少钱或者赔了多少钱都不知道的话，那他肯定会放弃这项生意。他还说过，最好的事情就是赚钱，其次是知道自己没有赚钱——并采取补救措施。从现在的情况来看，如果一个出版商在很大程度上养成了打折处理出版物的习惯，那么我很想知道，他什么时候才有可能站在他的债权人面前，作为作家、印刷工、造纸工、装订工等图书行业成员的代表向债权人宣布自己有偿付能力，并值得他们继续信任。

在我看来，出版商已经承担了足够高的风险，而且事实也是如此。我想许多图书从生意的角度来看都只是保本，既没什么盈利也没什么亏损；大众化的图书可能会略有盈余，还有个别图书要么利润可观，要么亏损严重。《天启四骑士》是最近获得成功的最佳范例，一个版本接一个版本，层出不穷，纽约的出版商们供不应求。反观多年前迪斯雷利伯爵所著的《恩底弥翁》，出版这本书的出版商遭遇了滑铁卢，可以说血本无归。他的出版商以当时通行的三卷本出版了这部作品，我记得售价是2英镑。然而，没有人读完第二卷，这本书完全失败了。出版后没过几个月，伦敦的所有二手书店都在处理那些未裁边和未开封的《恩底弥翁》，其中一些的售价充其量就是装订的费用。有的书可能会让出版商发一笔小财，而有的书则会导致出版商破产，不过我们必须承认，这些都是极端案例。

出版行业一向被认为是高危行业，与戏剧行业相比似乎更受人尊重，但不像戏剧界那么激动兴奋；但出版行业与戏剧行业也有一个极为相似之处，那就是当你身处其中的时候，永远不知道自己到底是成功还是失败，然而当你试图全身而退时，就会发现为时晚矣，而且向来如此。沃尔特·司各特爵士还有一个身份是出版商，只不过人们总是忽视了他的这个身份，他曾对出版界人士说，出版商是"世界上唯一一群专门盲目进货的商人，赚钱不赚钱完全听天由命，出版20本书，然后期待其中一本能热卖，就像买彩票的人希望能中大奖一样"。沃尔特·司各特爵士完全有理由这么说，马克·吐温也一样。

我记得就在几年前，双日出版社匿名出版过一本名为《出版商的自白》的小册子。书中叙述了一家出版公司在财务和其他方面的困难，现在人们普遍认为这本书的作者是已故的法官沃尔特·海因斯·佩吉。作者的结论是，那些经营着斯克里布纳出版公司、麦克米伦出版公司这种杰出出版公司的人都是商界精英，如果他们从事银行、铁路或其他利润更高的行业，那他们赚到的钱肯定比从事出版业要多得多。作者还说："除了同样高尚的布道和教学以外，出版业应该是最无利可图的行业。"面对这样的情况，阿诺德先生建议为书店提供融资帮助，然而他恐怕并不知道，从缅因州到加州，全国各地有许多书店老板其实都不够格，并不能胜任他们自己的工作。他的建议听起来很有趣，但我怀疑是否会有人欣然接受这一建议。我猜想，他们很可能会觉得阿诺德先生开出的处方比他们所患的疾病更糟糕。我最后一次见到阿诺德先生是在他自己的图书馆里，周围都是他收藏的珍品图书，许多都是无价之宝。很显然，和那些头疼不已的图书行业从业者不一样，优哉游哉的阿诺德先生无论在哪个方面都没有遇到任何问题。

不过我更关心的是书商而不是出版商。现在的出版商，至少我认识的那些出版商，都是开着豪华轿车四处游荡的有钱人，而书商中却鲜有买得起汽车的人。当年霍格威胁说要砸出一个书商的脑浆时，沃尔特·司各特爵士大叫道："亲爱的霍格，你要砸就砸吧，但是看在上帝的分上，千万不要把他的脑浆砸出来啊！"书商面对的困难主要有两个：第一，某些百货公司的不公平竞争；第二，我们作为读者已经将他们抛弃。我们是一个富有、聪明和奢侈的民族，然而我们对买书和拥有书的乐趣一无所知，更可怕的是，我们似乎对此自我感觉良好。在我看来，书店的衰落与文化团体、辩论社和演讲平台多年前的衰败不无关系。现在，这些东西在我们中间都不复存在了，但倘若我们没有因此就完全放弃阅读，那我也不会如此遗憾。我们已经失去了阅读这种对个人而言的精神激励，而且找不到任何可以替代的东西。当然，我说的不复存在也不是绝对，而是相对于我们现在庞大的人口和财富而言。

说到买书，我们似乎很不愿意掏钱，甚至认为这是在冒险。然而，我们又会毫不犹豫地花4美元、6美元，甚至10美元买两张观看演出的票，然后整整坐了一个晚上看完，当被问到对演出感受如何时，我们通常会简短地回答说："糟透了。"之后我们便彻底忘掉了这件事。买书本来是一件开心的事情，或者至少应该是一件开心的事情。如果你去书店买书的时候遇到一位相当博学的店员，你肯定会感到非常愉快，事实上，很多书店里都有这样的店员。就说我知道的吧，假如你喜欢图文并茂的插图图书，那你就应该去费城找乔治·里格比，不会再有比和他交谈更让人开心的事情了。还有塞斯勒书店的梅布尔·扎恩，她的博学多识好多次都令我感到自愧弗如。还有利瑞书店，那是全国最好最大的二手书店之一，他们从不强求你买书，你可以在那里随意翻阅几小时也不会有人打扰。我们费城人对利瑞书店的老板非常尊重，甚至选举他担任我们的市长，后来还成了我们的州长。当我还是个小男孩的时候，他就认识我了。有一天，我把他称为"我的朋友奈特·斯图亚特"，心中充满了骄傲。

利瑞书店是为数不多的仍然可以淘到便宜书的书店。我的朋友廷克每次到费城都会在利瑞书店待上几小时。就在昨天，精明机敏的书商詹姆斯·希尔兹问了我一个问题，我回答不上来。他给我看了一张他从罗森巴赫图书馆的经理劳勒那里拿到的一张10美元的支票，他把前两天在利瑞书店花50美分买到的一本书作价10美元卖给了劳勒。这样的事情还是有的，不过需要至少超过我在图书方面的学识才能做到。希尔兹的问题是：劳勒会把这本书卖多少钱？这我可说不准。

有时候，为了逃避本来应该由我们自己负的责任，我们把书商现在所处的困境归咎于安德鲁·卡耐基先生，是他不遗余力地在全国各处建立公共图书馆，孜孜不倦，最后一贫如洗。但是平心而论，我觉得这些图书馆不应该对此负有任何责任，相反它们功德无量。每到一个陌生的城市，我都会去参观那里的图书馆，我也有很多图书管理员朋友，但是当我面对数不清的书的时候，我还是会不知所措，就像面对皇室成员一样。的确，我觉得一旦我那无聊的好奇心得到满足，我也就不会再关注皇室成员了。

我并非学者，也并非身无分文的穷学生，因此除了我自己的图书室以外，我也很少去图书馆。很早以前，我就养成了买书的习惯，非常幸运，我一直保持着这个好习惯。无论是在世还是去世的作家，尤其是过去时代的作家，他们给了我莫大的快乐，对我本人来说，买书的乐趣远远大于读书。我记得有人说过："我买的书比别人可能读到的书还要多，我的灵魂仿佛可以向无限延伸，而这也是唯一能使我们超越死亡的方式。"不管说这话的人是谁，我都赞成他的观点。拉尔夫·伯根格伦在他那首迷人的小诗《简、约瑟夫和约翰》中表达了同样的观点：

爸爸总是买书，

妈妈说他的书房就像一间旧书店。

高高的书架摆满了房间，

遮住了墙纸。

到处都是书，

桌子上、窗边、椅子上，

还有地上。

每隔一段时间，

他就会买更多的书，

并把它们带回家，

但是要找到一个存放它们的地方，

总是很难。

有一次我问爸爸，

为什么买这么多书呢?

他回答说，

为什么不买呢?

对此我一直十分困惑。

　　我们的生活并不拮据，许多人在家庭开支方面都很宽裕，更不用说那些生活铺张浪费的人了，但是人们好像都认为买书几乎是一件不可接受的奢侈行为。我们乐于购买钢琴和电唱机，也会抵押房产贷款去买一辆好汽车，但是说到买书，却会觉得手头上没有钱。如果我们想看一本书，就会从朋友那里借，如果朋友那里借不到，就会去图书馆借。如果说还有什么事情比借书给别人看更让人讨厌的话，那就是别人借书给你看了，对我来说，最无聊的事情莫过于有人坚持要借给你一本你根本不打算看的书。当然，你可以通过故意弄丢来让他改掉这种令人厌烦的习惯，不过这需要时间。

我的人生哲学非常简单——不必钻研那些讨厌的德国哲学家或者其他哲学家的理论——每天保持快乐就是幸福之道，我这并不是说教，因为我知道，把自己喜欢的一大捆书带回家就是世界上最快乐的事情。

有个朋友曾看着我图书室里的一大堆书对我说："我从不买新书，我必须精打细算节省开支，而那些书太贵了。"

我反驳道："可是我知道你喜欢读书，难道你不觉得你应该对那些给你带来了许多快乐的作家负点责任吗？总要有人支持他们啊，至少我觉得我应该承担自己的义务，应该支持他们。"

每当想到从阅读中收获的快乐时，我就觉得我有责任尽可能多买些最近出版的书。我收集了梅雷迪斯和史蒂文森的作品，但是他们辞世已久，购买他们的书已经不能使他们受益。那么我为什么不把乔治·摩尔、洛克、康拉德和赫格斯海默的作品也买回来呢？还好，他们的书我也买了。虽然现在恐怕买不到带有作者题词的第一版德林克沃特的《亚伯拉罕·林肯》，但是这本书仍然值得趁早购买。我提到的这些作家都是致力于继承英语文学光荣传统的杰出人士。我有责任尽我所能鼓励他们，向他们致敬，希望这样做的人不止我一个。

回到书店的话题上，从时代的角度来看，现在的书店不仅要和许多在50年前不为人知的消遣方式竞争，还要和电影这种最新的娱乐方式竞争。另外，来自百货公司的竞争压力也越来越大。出版商留下的利润空间本来是很可观的，假如书商能以较高的价格出售图书，应该可以获得不错的收益，然而，百货公司的策略迅速压缩了利润空间。其中的原因大家也都明白，对百货公司而言，打折销售仍然是有利可图的，巨大的营业额和相对较小的运营费用，使百货公司有能力负担降价销售某些畅销书时损失的利润。而且百货公司的降价促销很多时候都是一种骗人的把戏。例如，他们的柜台上经常可以看到"周末特价，70美分，原价1美元"的巧克力，其实这些巧克力的成本只要40美分，甚至更低，但是就算按原价1美元出售也有不少人买。事实上，除了图书和少数几种定位成廉价商品的东西之外，百货公司几乎所有在售的商品都会用到特价巧克力那种销售伎俩。

《大西洋月刊》《哈珀斯》《斯克里布纳杂志》等月刊的批发价是每100本28美元，然而在费城的大百货公司里，这些杂志的零售价却是25美分一本，这真是一个悲哀的时代。即使把这个问题提交到最高法院裁定，法官恐怕也会认为只要不违反法律，卖方有权利以任何他愿意的价格出售商品，百货公司巨大的销量可以支撑其以低于竞争对手的价格定价，这完全是一个合理的解释。另外，在某些情况下，出版商也会给百货公司特价优惠，因为巨大的订单量可以赢得较低的进货价和特别的折扣。而且出版商总是会有一些亏本出售的滞销图书，零售商却可以借此赚取比较可观的利润。这就是目前图书业的一些事实。

必须承认，百货公司帮出版商卖出了数十万本诸如《天启四骑士》和《索狄拿先生的小小计划》这样的书，这类书的销量如此之大，而那些具有永恒价值的经典著作的销量却小得可怜。我觉得男性更喜欢买我所说的好书，而女性则更喜欢买小说和风格轻松的文学读物，当然，我这个观点或许不完全正确。

想象一下，一位男士走进了某家百货商店，想买一本《汤姆·琼斯》。这时候，一位年轻女售货员接待了他，这位女士身穿低胸上衣，脚上穿着高跟鞋，头发用蓬松的大围巾束在一起，遮住了耳朵，脸上刚刚搽了粉，看起来好像要去参加聚会。她略带惊讶地说道：

"《汤姆·琼斯》！是青少年读物对吗？您可以看看青少年读物书架，右边第二本应该就是。"

"不，那是一本菲尔丁的小说。"

"小说？请您去小说书架，左边第二本应该就是。"

这位男士朝前走去，绕开了一张写着"最新的书就在这里"标牌的桌子，又遇到了一位穿着打扮一模一样的女售货员，他再次询问了同样的问题。第二位女售货员热情地接待了他，并问道：

"《汤姆·琼斯》！是新书对吗？"

"不，不是新书。"

然后女售货员带着他来到经典名著的书架，不得不说，这几百本书都配得上这个分类。但是书的摆放排列非常巧妙，这位男士很难找到他要找的《汤姆·琼斯》。就在仔细搜寻的时候，有人向女售货员询问一本畅销书，她立刻回答说："我知道在哪儿，请您跟我来。"随后引着她的顾客走向另一堆书，就此消失不见。这位男士继续找着他想要的《汤姆·琼斯》，终于又来了一位女售货员，她热情地询问男士的需求，这回终于遇到个聪明人，女售货员说："噢，菲尔丁的书。"随后把这位男士带去了精品图书部，他终于看到了一套装帧华丽的菲尔丁文集，书的封皮似乎是昂贵的摩洛哥皮革，标价40美元一套。男士对价格提出了异议，并解释说他是想读一读《汤姆·琼斯》，而不是买一套精装文集回去装饰书架。最后，男士向女售货员表示感谢，白白浪费了半小时后不得不空手而归。

倘若哪家百货商店的老板或者聪明的售货员读到我的这段文字，一定会大叫："您说的对极了，这些问题我都知道，不过您有什么好建议吗？"当然，对此我也没有什么好说的，毕竟这是别人赚钱的手段，但是我建议在出售新书的同时不妨也出售一些比较好的二手书。我强调的是"比较好的二手书"，可以将其称为珍本图书部，因为只要善于经营，这类图书的利润会大得惊人。我想对书店老板说："在你的生意里多发挥一下想象力吧。"想象力非常重要，对于成功的商人和杰出的诗人来说都是不可或缺的。如果没有想象力，那他就只是个临时工。我想起了皮内罗的戏剧《彩虹女神》中一个精彩片段。在那场戏里，一位身材高大、相貌不凡的男人走了出来，立刻吸引了人们的注意，一位天真的少女问他是谁，有人告诉她说："这是一位伟大的金融家。"少女接着又问："什么是金融家？"又有人告诉她："亲爱的，金融家就是当铺老板——有想象力的当铺老板。"这真是绝妙的回答。

想象力至关重要。当战争爆发的时候，当大多数美国商人忧心忡忡，担心快要破产的时候，钢铁大王查尔斯·施瓦布却前往英国，没多久就怀揣价值数亿美元的订单回到美国，是什么使他完成了这样的壮举？是想象力！已故的摩根银行创始人约翰·皮尔庞特·摩根也正是靠着想象力才建立起了自己的金融帝国。

不过，在图书零售行业里，这种能力可能没有太大的用武之地，但不等于说完全没有发挥空间。要有进取心，要让优秀人士了解你，要让你的橱窗和书店更有吸引力。这么多年轻的男男女女愿意投身于教师行业，说明虽然收入菲薄，仅能维持生计，但还是有许多人愿意从事自己喜爱的职业并享受其中。我们今天的时代和乔叟的时代一样，也有一群人"乐于学习也乐于教学"，我们大学里的校长、理事和富有的校友正是利用了这一点，希望他们能够靠着连卡车司机都认为不够的微薄薪水过活。任何一家值得继续存在的书店都可以提供和普通学校或者大学教员一样的报酬。你会在愉快的环境下遇到愉快的人，通常你都可以教给他们一些东西，或者从他们那里学到一些东西。我们过去经常听到一些呼声，呼吁把戏剧舞台的地位提高，这种愿望显然已经无法实现了，那么现在，让我们呼吁把书店的地位提高吧。这应该是我们可以做到的事情。我的朋友克里斯托弗·莫利在他那令人愉悦的《车轮上的诗坛》一书中，向我们展示了一个藏书万卷的旅行家心中那振奋人心的精神和让人向往的浪漫世界。事实上，书中那位书店老板罗杰·米弗林的冒险旅行就是一个愉快假期的绝佳计划。我相信，克里斯托弗·莫利的《车轮上的诗坛》总有一天会像史蒂文森的《驴背旅程》一样声名鹊起。

最近我在一个大学城路过一家商店的时候无意间看到橱窗上有些书，于是我立刻进去转了转，这是我一向的习惯。但是我只待了片刻就出来了，因为我看见商店后面摆着一块大招牌，上面写着洗衣服务的广告："上午9点前送洗，当天可取。"拓展业务当然没问题，不过这显然搞错了方向。书店想要生存，就必须变得更有吸引力。买书应该是一种乐趣，就像读书一样，这样爱书的人才会走进书店愉快地度过闲暇时光，并买下一些他们想要的书带回家去。

每个大学城都应该支持一家书店，这家书店不必像纽黑文的砖墙书店那么杰出，也不必去比肩剑桥的弗鲁斯基先生的登斯特堂书店，只要能正常运营就很好了。为了让这样的事业获得应有的成功，大学城的教师、学生乃至公众都应该成为书店的忠实顾客，同时也要切记，这些书店不能完全依靠周边的顾客，要扩展经营眼光，不妨准备一些便宜的图书目录大范围发放，甚至寄往世界各地也未尝不可。

说到图书目录，我刚刚收到了一份我去伦敦时拜访过的一家书店寄来的图书目录，这家书店的名字很有趣，叫作"意外新发现书店"。书店位于伦敦梅菲尔区旁边一个叫作"牧羊人市场"的小贫民窟里。或许有读者会对这个书店的名字感到好奇，其实"意外新发现"这个名字出自一个古老的童话故事，在这个故事中，"睿智的英雄们总是会意外地发现一些原本不是他们正在寻找的珍宝"。因此这个名字有独特的寓意，也许你在这家书店没有找到你特意寻找的东西，但是你一定会找到你需要的东西，尽管你进门的时候可能自己都不知道你需要它。书店的主人埃弗拉德·梅内尔先生是爱丽丝·梅内尔的儿子，爱丽丝·梅内尔和她的丈夫曾慷慨地帮助过杰出诗人弗朗西斯·汤普森，爱丽丝·梅内尔本人也是一位出色的诗人和散文家。虽然每个书店的名字都不一样，但事实上所有书店都是能找到"意外新发现"的地方。

我无法容忍假装喜欢读书的人，更看不上那些对版本很无知，却似乎引以为荣的人。他们常常说："我只关心内容，只要书的内容可读，别的我都不在意。"这是一句很常见的套话。书当然不需要太贵，但关于书的一切都应该如实和完好。

我一直很厌恶威廉·莫里斯对书的态度。他不断地向人们宣传艺术和美感，并开始制作一些装帧华丽、价格昂贵的图书，这些书只有有钱人才买得起，而拥有这些书的人却没有一个真正会去读。我在波特兰有一位朋友莫舍先生，我称他为朋友是因为我们志趣相投。事实上，我们从未谋面，我只是从他那里买过书，他制作了好几百本书，这些书都制作精良，几乎完美无缺，但价格却相当便宜。大家都知道，莫舍先生很少靠书店来推销他制作的书，而是通过邮寄图书目录来销售，这些目录本身就是精美的艺术品，他制作的书几乎全部都卖给了个人买家。我们可能还没有完全意识到莫舍先生的伟大价值，但是我相信当他去世以后，下一代书迷一定会为他的艺术品位、编辑水平和其他方面的鉴赏力惊叹，并为斯人不在而备感遗憾。莫舍先生的图书制作水平堪称典范。

我从不认为从事图书零售行业的人会在短时间内发家致富。我们不是一个有阅读传统的国家，而是年轻的没有文化的民族。然而，不要忘了，我们每年都有大量学生从大学毕业。

他们是潜在的读者，或者说应该是潜在的读者，只要出版商和书商做好他们的分内之事，这些人自然就会成为读者。

　　如果说图书馆是最好的大学，那么书商也有自己的角色。他可以把自己的书店变得更有吸引力——成为一个向周围辐射文化的中心。顾客必须受到教育。当一种新的产品进入市场的时候，无论是什么种类的新产品，都需要向人们进行详细的宣传和介绍，制造厂商将这些工作称之为"传教士的工作"。

　　纽约有好几家非常不错的书店，例如世界上最伟大的书店之一布伦塔诺书店。布伦塔诺书店、斯克里布纳书店、达顿书店和帕特南书店都有自己的精品图书部，这些所谓的精品图书部卖的书都很昂贵，当然，这也很符合纽约的情况。我希望每家书店都能够结合当地的实际情况因地制宜，就像芝加哥的麦克拉格书店一样。

　　因地制宜地经营书店会有很多好处。读者会越来越多；百货公司的图书业务并不会受到任何干扰，他们还是会和现在一样，仍然是某些出版商的最佳客户；而出版商完全可以期待未来的书商群体会比今天更加繁荣。另外，市面上会看到更多质量更好的书，当然，我指的是更好的纸张、印刷和装订。

　　我希望每一位书商都能立刻筹备珍本图书销售业务，但是我也要提醒他们，绝不能接受垃圾图书，只能接受好书——我的意思不是指道德高尚的好书，而是任何意义上的好书。这项业务应该由书店里最有学识的人负责，如果没有的话，立刻去找一个这样的人来。另外，在如今这个利润共享的时代，这个负责人应该享有珍本图书销售利润的一部分分红。到英国二手书商那里找些好书回来，他们的要价一般都很便宜。最重要的是，不要忘记特德·特纳改编的那句谚语中蕴含的智慧——

早睡早起，拼命工作，大力宣传。

扫码立领

★ 书店小故事
★ 同类作品推荐
★ 小说交流群

闹鬼的书店

【美】克里斯托弗·莫利

李江艳 译

克里斯托弗·莫利（Christopher Morley，1890—1957），美国小说家、散文家、诗人和记者，他的小说、散文集和诗集作品有百余部，是《星期六文学评论》的创始人之一和长期特约编辑。

本篇选自克里斯托弗·莫利于1919年出版的小说《闹鬼的书店》，文中向我们展现了一位特立独行的书店老板的风采，饶有趣味而又发人深省的对话令人非常难忘。

如果你去过布鲁克林，一定会流连于这里美丽的日落，也会醉心于这里的丈夫们推着婴儿车的温馨场面，然后你很可能会偶然发现一条僻静的小巷，那里有一家非常别致的书店。

这家书店的名字颇不寻常——"诗人之家"，坐落在一栋舒适的老房子里，房子是棕色石头砌成的，很有些年头了，好几代水管工都为房子的主人服务过，这里也是好几代蟑螂的乐园。书店主要卖二手书，为了适合经营，店主煞费苦心地对房子做了改造，这里可以说是世界上最值得尊敬的二手书店之一。

11月的一个傍晚，大约6点钟，一阵骤雨瓢泼而下，一个年轻人犹豫不决地沿着吉辛街走着，不时停下来看看商店的橱窗，似乎担心自己是否走错了路。他在一家温暖、炉火明亮的法式烤肉店门口驻足，对照门楣上的街牌号码和手中的备忘录。然后，他又向前走了几分钟，终于到了自己要找的地址，来到门口，他的目光立刻被一个招牌吸引住了：

诗人之家

米弗林

欢迎爱书人！

这家书店闹鬼

年轻人走过三级台阶，来到了书店里，他放下大衣领子，环顾四周。

这里和他以前光顾过的那些书店大不相同。这幢老房子的两层楼被合为一层，下层分成了几个壁龛，上面绕着墙有一圈走廊，书一直摆到天花板那么高。空气中弥漫着醇厚的纸张和皮革的怡人香气，还夹杂着一股浓烈的烟草香味。他面前摆着一张大海报，上面的内容很有意思：

本店闹鬼

伟大文学的幽灵在此游荡

我们不卖假货和垃圾

欢迎爱书人士

这里没有店员在耳边聒噪

想吸烟请自便

——但请不要随地掸烟灰

想看多久就看多久

所有书籍都明码实价

有问题请找店主

——他在烟味最浓的地方

买书请付现金

这里有你想要的书

尽管你或许不知道你想要什么书

阅读能力不足是一个非常严重的问题

让我们为你开出读书处方吧

店主 米弗林

书店的氛围温暖而舒适，令人昏昏欲睡的光线将书店笼罩在一片朦胧之中。绿色灯罩下的灯泡散射着黄色的灯光，香烟的烟雾在灯罩下弥漫旋转。穿过壁龛之间的狭窄通道时，年轻人发现有些隔间一片漆黑，另一处明亮的地方可以看到一张桌子和几把椅子。在标记着"散文"的角落里，一位上了年纪的先生正在读书，灯光照在他的脸上，可以明显看出他正沉醉在阅读的狂喜之中，因为他没有抽烟，所以年轻人断定他不是店主。

年轻人向书店后面走去，越发觉得不可思议。周围只有头顶远处天花板上雨点敲落的声音，除此之外寂静无声。书店里到处都是香烟的烟雾，笼罩着读书人的侧影。这里似乎是一座秘密的神殿，一个举行古怪仪式的圣地，因为烟草的味道和内心的紧张，年轻人有点喉咙发紧。他头上方的阴暗处是一排排书架和数不清的书，直伸向天花板。他看到一张桌子，上面放着卷成圆筒的牛皮纸和麻绳，显然是包装东西的地方，不过看不到店员的身影。

他想："说不定这个地方真的闹鬼，这里有这么多烟雾，沃尔特·罗利爵士快乐的灵魂只怕就在这里游荡，他就是烟不离手。"

他的眼睛在书店蓝色的烟霾中搜寻，最后被一个明亮的光圈吸引，光圈射出奇怪的鸡蛋般的光泽。光圈又圆又白，在浓密的烟雾中隐隐泛着微光，仿佛一片烟海中明亮的岛屿。他走近了一些，发现是一个秃头。

面前是一个眼神锐利的小个子男人，他斜靠着坐在一把转椅上，椅子所在的位置似乎是整个书店的神经中枢。他面前分格式的大桌子上堆满了各种各样的书籍、烟盒、剪报和信件，一台看起来年代久远的老式打字机半埋在一大堆手稿里。秃头小个子男人正一边抽着玉米芯烟斗，一边读着一本烹饪书。

年轻人友好地问道："打扰了，请问您是这里的老板吗？"

"诗人之家"书店的老板米弗林抬起头，年轻人注意到他敏锐的蓝眼睛充满活力，脸上长着红色的短胡子，自然地流露出令人信服的神色，气度不凡。

米弗林先生答道："是的，我就是老板，请问有什么我能为您效劳的吗？"

年轻人说："我叫奥布里·吉尔伯特，我是智力广告公司的代表，想和您谈谈是否愿意把您的广告业务委托给我们，我们一定会为您打造时髦的广告，并通过各大媒体投放。现在战争已经结束了，我想，对于您来说，是时候开拓业务扩大生意了。"

米弗林的脸上露出了笑容，他放下手中的烹饪书，吐了个烟圈，抬起头，神采奕奕地说道："亲爱的朋友，我不做任何广告。"

"不可能！"年轻人嚷道，像是被某种无端的无礼冒犯吓到了一样。

"您可能误解了，我是说，最优秀的文案撰稿人已经为我做了对我最有帮助的广告了。"

"我想您说的是怀特瓦什和吉利特，对吗？"吉尔伯特若有所思地说道。

"不是。为我做广告的是史蒂文森、布朗宁和康德拉这些人。"

"什么？您说的这些人我听都没听说过，老实说，我不相信他们的广告比我们做得更好。"

"您没明白我的意思，我是说我卖的书就是我的广告。您看，我卖给一个人一本史蒂文森或者康德拉写的书，倘若这本书给他带来快乐或惊恐的感觉，那么这个人和这本书就是我最鲜活的广告。"

"但是这种口碑广告已经被证明是有缺陷的，您不可能通过这种方式实现分销，在公众面前，您必须展示并保持您自己的商标和标志。"

米弗林不由得高声喊道："听着，年轻人！您不会和一个医生、一个医学专家说他需要在报纸和杂志上登广告，对吗？因为被治愈的病人就是医生最好的广告，而我所激发的思想就是我最好的宣传。让我来告诉您，图书行业不同于其他行业，因为许多人并不知道他们想要什么书。您知道吗，我一眼就能看出，您的思想因为缺乏读书而生病了，但您却浑然不觉，甚至自我感觉良好！人们只有在出现严重的精神问题和疾病，意识到自己身处险境的时候，才会想到去书店，然后才会走进我的书店。对我来说，请您做广告和告诉那些感觉身体状态极好的人去看医生一样，根本不会有效。您知道为什么现在读书的人比以前更多了吗？因为可怕的战争灾难使他们意识到他们的思想生了病。整个世界都在遭受各种精神上的发烧、疼痛和紊乱，然而人们却一直没有重视。现在，我们精神上的痛苦太明显了，所以人们匆忙地、如饥似渴地阅读，试图在这场大灾难过去之后搞清楚我们的思想到底出了什么问题。"

说着米弗林激动地站了起来，吉尔伯特警惕地看着他，但心里也觉得他说的话很有趣。

米弗林接着说："我坚信您会觉得今天到这里来不虚此行，我也坚信图书行业的前景是美好和光明的。但是我要告诉您，这个行业的未来并不是作为一种系统化的贸易，而是作为一种高贵的职业。嘲笑公众的品位低下，嘲笑他们喜欢拙劣的作品和毫无价值的书，这都是没有用的。作为医生，首先要治好你自己！让书商学会认识和敬畏好书，他自然就会教给顾客。人们对好书的渴望比你想象的更普遍，也更持久，只不过从某种程度上来说仍然是一种潜意识。人类对书的需要和对空气的需要是一样的，但许多人并没有意识到这一点，一般来说，这些人是没有意识到他们所需要的书是存在的，是可以找到的。"

"那么我想请问，您为什么不登广告，好让他们来这里，帮助他们了解自己需要什么书呢？"年轻人相当尖刻地问道。

"亲爱的朋友，我当然明白广告的价值。但就我的具体情况而言，您所说的广告确实没用。我并不是一个商品经销商，而是一个调配书籍以适应人们需要的专家。抽象地说，对我们所有人而言，不存在所谓的'好书'。一本书只有满足了人的欲望或者驳斥了人的错误时，才是'好书'。同样一本书，对我或许很有好处，但对你或许毫无用处。如果有病人来访，愿意告诉我他的症状，那么为他开出正确的读书处方就是我最大的荣幸。然而有些人的阅读能力已经彻底衰退，我所能做的只能是对他们进行尸检，不过大多数人还有药可医。当你把一个人的灵魂真正需要的书送给他，而他自己却对此一直一无所知时，那么我敢肯定，再不会有谁比他更感激你，世界上也没有任何广告会比这位万分感激你的顾客更有效。"

米弗林扫了一眼吉尔伯特，继续说道："我再告诉您我不登广告的另一个原因。像您说的一样，现在这个时代，当所有人都通过广告把自己的商标展现给公众时，恰恰不做广告才是最新颖、最令人吃惊、最引人注意的事情。您看，您不就是因为我不做广告才来这里和我见面的吗？每一个来到这里的人都认为自己发现了一个特别的地方，他会告诉他的朋友们，这里有一个精神错乱的怪人开的一家古怪的二手书店。然后他们就会纷纷来我这里一探究竟。"

吉尔伯特笑着说："不瞒您说，我倒是很想再来这里逛逛。现在能请您为我开个处方吗？"

"没问题。我这就为您开处方，第一味药是一颗怜悯之心。印刷书籍在这个世界上已经有450年的历史了，但是火药和枪炮的使用和传播还是比书籍更多更广。不过没关系！打印机的墨水是更厉害的炸弹，它一定会战胜枪炮。我这里确实有一些好书，全世界真正有价值的书大约只有3万本，我估计其中5000本是用英语写的，还有5000本被翻译成了英语。"

"请问您这里晚上营业吗？"吉尔伯特插话道。

"营业时间一直到晚上10点钟。我的很多忠实顾客都需要全天工作，他们只能晚上到书店来。您知道，真正爱读书的人一般都属于较低级的阶层。对书籍充满激情的人很少通过编造欺骗同伴的谎言来发财的，他们没那个时间和耐心，因此也很难致富。"

米弗林的秃头在包装台上方灯泡的照射下闪闪发光。他的眼睛明亮而认真，红色的短胡子像铁丝一样翘着。他穿着一件破旧的棕色诺福克夹克，上面掉了两颗扣子。

吉尔伯特觉得这个书店老板有点狂热，不过倒是挺有趣，他起身告别道："好吧，先生，今天真是太感谢您了，我肯定会再来的。晚安。"说完他沿着过道向门口走去。

当他快走到门口的时候，米弗林打开了一簇悬在高处的灯。灯光非常亮，吉尔伯特发现身边摆着一个很大的布告栏，上面贴满了剪报、公告和用工整的小字体写在卡片上的小通知。上面有一段话引起了他的注意：

处方

如果你的大脑需要磷，试试洛根·皮尔索尔·史密斯的《琐事》。

如果你的大脑需要来自山顶和樱草山谷的清新空气，试试理查德·杰弗瑞斯的《我心灵的故事》。

如果你的大脑需要进补铁和酒的补药以及彻底的混乱，试试塞缪尔·巴特勒的《笔记》或者切斯特顿的《代号星期四》。

如果你想再次体验不受约束的妙想天开，试试詹姆斯·史蒂芬斯的《半神》，这本书其实比人们期望的更好。

时不时把你的思维颠倒一下，就像沙漏一样，让里面的沙粒朝相反的方向动一动，这绝对是件好事。

喜欢英语的人可以从拉丁语词典中得到许多乐趣。

米弗林

人们很少会注意别人告诉自己的陌生事情，除非自己对这件事已经有所了解。吉尔伯特对米弗林介绍的这些书一无所知。他正打算推门出去，这时米弗林走到了他的身边。

米弗林带着一种奇怪的尴尬神情说道："您看，我对我们刚才的谈话很感兴趣。今天晚上只有我一个人在这里，我太太出去度假了。请问您愿意留下来和我一起吃晚饭吗？刚才您进来的时候，我正在查找一些新的食谱。"

吉尔伯特对这个不寻常的邀请感到又惊又喜，他立刻回答道："啊——那太好了，您真是太客气了，您确定不会打扰到您吗？"

米弗林高声说："没有没有！一点都不打扰！您知道，我很不喜欢一个人吃晚饭，我希望有人会来。我妻子不在家的时候，我总是设法邀请一位客人和我一起共进晚餐。您看，我不得不待在这里照看书店，这里就是我的家。我们没有仆人，我自己做饭，不过这是很大的乐趣。如果您愿意赏光的话，现在您不妨点上烟斗，在椅子上舒舒服服地待一会儿，我这就去准备晚餐。"

说完，米弗林在书店前面的书桌上放了一张大卡片，上面写着：

　　店主正在晚餐

　　如果您有任何需求

　　请摇这个铃

他在名片旁边放了一只老式的大铃铛，随后带着吉尔伯特向书店后面走去。就在他刚才一直研究烹饪书的书桌后面，两侧都有狭窄的楼梯通往上面的走廊。这些楼梯背后是一小段通向房子里面的台阶。米弗林把吉尔伯特领到了左边的一个房间，里面有一个淡黄色大理石的壁炉架，上面都熏黑了，炉膛里的煤正在燃烧。壁炉架上放着一排熏黑的玉米芯烟斗和一罐烟草，上方有一幅醒目的油画，色彩非常鲜艳，画的是一匹粗壮的白马正在拉着一辆蓝色的大车，背景是郁郁葱葱的树林，可以看出这位画家功底不浅。墙上的书橱里塞满了书，铁挡板旁边有两张破旧但很舒服的椅子，一条深黄色的小猎犬躺在地上，它离火太近了，明显可以闻到毛被烧焦的味道。

米弗林说："好了，这就是我自己的房间，我的安乐窝。来，我的朋友，把外套脱了吧，请坐。"

吉尔伯特不好意思地说："这恐怕不太——"

没等他说完，米弗林就打断了他："没有的事！您坐在这里很合适，现在请坐，安安心心享受片刻舒适的时光吧！我这就去准备晚餐。"吉尔伯特拿出自己的烟斗，兴高采烈地准备享受一个不同寻常的愉快夜晚。他是一个性格随和的年轻人，友善而敏感。他知道自己在文学交流方面的劣势，尽管他曾在一所非常好的学校就读，但是合唱团和戏剧表演几乎占据了他的所有时间，他抽不出时间来看书。不过他依然喜欢好书，虽然他对好书的认知只是道听途说。他今年25岁，在智力广告公司做文案。

吉尔伯特发现自己所处的这间斗室显然是米弗林的圣所，里面都是他自己的私人藏书。吉尔伯特好奇地浏览着书架，这些书大都破旧不堪，显然是从二手小书贩那里一本一本挑选来的，看得出来，每本书都被读过许多次。

吉尔伯特具有一种狂热的自我完善的精神——这种狂热的精神摧残了许多年轻人的生活，然而这种精神对于那些觉得自己被大学生活和各种社团耽误了的人来说是值得称颂的。他突然想到可以把米弗林收藏的一些书的书名抄下来，作为自己的书单，这一定很有价值。于是他拿出了一本备忘录，开始一一记录那些他感兴趣的书：

《弗朗西斯·汤姆森作品集》（三卷）

《吸烟社会史》，阿珀森（George Latimer Apperson）

《通往罗马之路》，西莱尔·贝洛克

《茶之书》，冈仓天心

《快乐思维》，伯南德（Francis Cowley Burnand）

《祈祷与冥想》，塞缪尔·约翰逊

《玛格丽特·奥格维》，詹姆斯·马修·巴里

《暴徒的自白》，菲利普·梅多斯·泰勒

《牛津大学出版社图书总目录》

《早晨的战争》，查尔斯·爱德华·蒙塔古

《人的精神》，罗伯特·布里奇斯编

《吉卜赛男人》，博罗（George Henry Borrow）

《诗集》，艾米丽·狄金森

《诗集》，乔治·赫伯特

《布满蜘蛛网的房子》，乔治·吉辛

抄到这里，吉尔伯特在心里对自己说："看来我应该停止对广告业的兴趣了。"这时候米弗林走进了房间，脸上满是热切的神情，眼睛里带着快活的光芒。

他迫不及待地叫道："来吧，奥布尔·吉尔伯特先生，饭菜已经准备好了。您要去洗手吗？快去吧，在这边。美味的鸡蛋刚做好，咱们趁热。"

吉尔伯特跟着他走进餐厅，餐厅里的布置显得非常精致，看得出来这是女主人的杰作，因为这里流露出的女性气质在刚才的书店和米弗林自己的房间里是看不到的。窗户上挂着鲜艳的印花棉布窗帘，窗台上摆着几盆粉色的天竺葵。吊灯下的餐桌铺着艳丽的丝绸桌布，餐桌上摆着银色和蓝色的瓷器，在灯光下熠熠生辉。雕花玻璃瓶里装着棕红色的葡萄酒，泛出漂亮的光泽。看到眼前的一切，吉尔伯特心中涌起一种非常特别的感觉。

米弗林一边递过来一个盘子一边热情地说道："请坐，吉尔伯特先生，这是我自己发明的塞缪尔·巴特勒鸡蛋料理，这种做法简直妙极了。"

吉尔伯特对米弗林发明的新菜报以热烈的掌声。这道塞缪尔·巴特勒鸡蛋料理最下面是用吐司面包堆成的一个小金字塔，上面是一片熏肉、一枚煮熟的蛋、一圈蘑菇、些许红辣椒，再淋上暖粉色的酱汁，米弗林对这个诱人的酱汁的配方保密。米弗林又从另一个盘子里为吉尔伯特加了一些炸土豆，然后为他的客人倒了一杯葡萄酒，他笑着说："这是加州卡陶巴葡萄酒，葡萄和这里的阳光圆满地酿出了美酒。来，让我们为您的事业干杯！祝您在广告界的事业蒸蒸日上！"

广告人通常都很机智，吉尔伯特也是如此，他对自己以及别人说话的语气和音调有一种本能的感知能力，可以让双方的情绪保持一致。吉尔伯特觉得米弗林现在表现出的骄傲和自豪，是因为他觉得自己是一位美食家，而不是因为他那神圣的书商职业而感到自豪。

吉尔伯特用一种清晰的语调问道："米弗林先生，我很惊讶您怎么可能在这么几分钟的时间里做出如此美味的主菜，您不是在骗我吧？您这里和丽兹大酒店的厨房之间没有秘密通道吧？"

米弗林大笑着回答说："不要惊讶，我的朋友，您太过奖了。我想您应该品尝一下我太太做的菜，其实我不过是个业余爱好者，只是当我太太不在的时候越俎代庖而已。您知道，她去波士顿看望她的表弟去了，她讨厌这里的烟味，当然，这完全可以理解。而且，每年去笔架山呼吸一两次那里的新鲜空气对她也很有好处。只有当她不在家的时候，我才有机会参与一下家务，您知道吗，我发现当我结束在书店里兴奋的思考之后，做家务可以让我很快平静下来。"

"是吗？我原本一直觉得书店里的生活愉快而宁静。"

"远非如此。住在书店里就像住在炸药仓库里一样，这些

116

书架上放的可是世界上最易燃易爆的东西——人的思想。我会在下雨的午后一直读书，而我的大脑会对一些终极问题产生强烈的热情和焦虑，几乎使我精神错乱，这实在太伤脑筋了。您想想，倘若卡莱尔、爱默生、梭罗、切斯特顿、萧伯纳、尼采和乔治·埃德围在一个人的周围，您会为这个人的激动感到惊讶吗？如果一只猫必须住在一个挂满猫薄荷的房间里，它会怎样呢？它一定会疯的！"

"说实话，关于书店和书商，我从来没有想过您所说的这种状态。可是我想请教您，为什么图书馆都非常严肃而安静呢？如果书像您说的那样具有强烈的刺激性，那么每个图书管理员都应该像狂热的祭司一样发出尖叫，在安静的图书馆里兴奋地手舞足蹈才对，您说是吗？"

"我亲爱的老弟！图书管理员当然也会激动和兴奋，但是您忘了图书索引卡！图书管理员发明了这种有效的工具，可以让他们的灵魂退烧，就像我走进厨房做菜可以舒缓我狂热的精神一样。那些沉迷于思考的图书管理员如果没有图书索引卡这种退烧药，那他们全都会发疯的！再来一些鸡蛋吗？"

"谢谢，请问这道菜名中的塞缪尔·巴特勒是谁？"

"什么？！"米弗林激动地叫道，"您该不会是从没听说过《众生之路》的作者塞缪尔·巴特勒吧？亲爱的年轻人，如果一个人在死之前从没读过塞缪尔·巴特勒的《众生之路》和《虚幻国》，那就是自己放弃了进天堂的机会。天堂是否存在终究并不确定，不过人世间真的有天堂，当读到一本好书的时候，我们就身在天堂了！来，再斟一杯酒吧。"

吉尔伯特若有所思地点了点头。（吉尔伯特把这次谈话记在了自己的皮夹里，他意识到了自己的缺憾，心中百感交集。几天之后，有人看见他在图书馆里想借一本《众生之路》，但是找遍了四家图书馆也没有借到，最后他只好去书店买了一本，但他从未对此感到后悔。）

米弗林拍了拍脑门说道："哎呀，您看，我都忘了作为主人的职责了。我们的甜点有苹果酱、姜饼和咖啡。"说完他迅速收拾了餐桌上的空盘子，端上第二道菜。

"我注意到那里有一个提示，希望今晚您能允许我来为您帮忙。"吉尔伯特指着挂在厨房门边的一张卡片说，卡片上面写着：

饭后立即刷碗
这会省去许多麻烦

米弗林一边倒咖啡一边笑着说："恐怕我没有一直遵守这条戒律，每次我太太外出时都会把那个卡片挂在门边提醒我。但是，正如我们的朋友塞缪尔·巴特勒所说，凡是在小事上愚蠢的人，在大事上也必然愚蠢，所以我们不应该在小事情上犯错。我对洗碗有不同的看法，现在我觉得洗碗是一种享受。我原先认为洗碗是件下贱差事，是一项皱着眉头、硬着头皮才坚持得下去的可恶纪律。我妻子第一次外出不在家的时候，我在水槽上支起了一个阅读架和一盏台灯，我一边阅读，手一边机械地做着洗碗的动作。当我清洗锅碗瓢盆的时候，我背诵了大段的《失乐园》，我请伟大的文学作品和我的悲伤做伴。我还会经常用济慈的两行诗来安慰自己——

滔滔流水履行牧师之责

涤清凡尘之岸

后来我对这件事情突然有了改观，人在胁迫下做任何事都是难以忍受的苦修，不管是什么工作，都应该用某种方法对其进行精神升华，要粉碎旧观念，重建贴近内心愿望的新观念。您知道对于洗碗这件事我是怎么做的吗？我在思考这件事情的时候打碎了不少盘子，然后我突然觉得这正是我所需要的放松。日复一日，我被那些喧闹的书包围着，它们整日冲着我大声叫嚷着诸如生命的辉煌和痛苦这种矛盾观点，我为此精神紧张、忧心忡忡。既然如此，那为何不把洗碗当作我的退烧药和镇痛剂？当一个人站在全新的角度来看一件很难处理的事情时，就会惊奇地发现，这件事情彻头彻尾地发生了改变。对于我来说，洗碗这件事立刻散发出了耀眼的哲学光环，温热的肥皂水简直成了压制我热血上涌的灵丹妙药，清洗和擦干杯碟变成了赋予这个难以驾驭的世界秩序和洁净的象征，于是我欣然拆掉了水槽上方的阅读架和台灯。"

米弗林抿了一口咖啡，继续说道："吉尔伯特先生，请不要嘲笑我发展出的这套属于自己的厨房哲学，我觉得厨房是我们人类文明的圣地，是生活中一切美好事物的焦点。您看，炉火的红光犹如夕阳般美丽，擦得锃亮的水壶和汤匙就像一首十四行诗一样完整和美好。洗得漂漂亮亮、用力拧干、挂在后门外晾晒的拖把，本身就是一场完整的布道，用苏格兰人的话说，'等锅碗瓢盆都洗得干干净净，整个地上都清理整洁的时候，从厨房门口看到的星星是最明亮的'。"

"这的确是一种令人愉快的哲学。现在我们已经吃完饭了，我希望您能允许我来帮您洗碗，您知道，我很想试试您的洗碗哲学！"

米弗林伸出一只手放在跃跃欲试的年轻人肩膀上，笑着说道："我亲爱的朋友，不能一以贯之的哲学肯定是一种糟糕的哲学，洗碗的事情还是让我有始有终吧，我请您留下可不是让您帮我洗碗的。"他一面说一面带路来到了客厅。

两人坐下之后，米弗林说："我刚看到您进来的时候，我担心您是报社的人，想来我这里采访。您知道，之前有一位年轻的记者来访，但结果很不愉快。他用花言巧语骗取了我太太的信任，最后他把我俩写进了一本名为《车轮上的诗坛》的书里，这本书对我而言简直就是一场灾难。在这本书里，他把许多肤浅谄媚的图书销售观点安在了我头上，而这些观点一直以来都是我们这个行业的麻烦。不过万幸的是，这本书的销量很小。"

"我从没听说过这本书。"

"如果您真的对图书销售感兴趣，您不妨哪天晚上到我这里来参加一下玉米烟斗俱乐部的聚会。每个月都会有许多书商来我这里聚会，我们一起讨论关于书的问题，也一起享受玉米烟斗和苹果酒。这个俱乐部有各种各样的书商，他们都很有趣，例如有一位书商对图书馆的问题狂热无比，他认为所有的公共图书馆都应该被炸毁，还有一个书商认为电影会破坏图书生意。这种担忧真是杞人忧天，简直太荒唐！任何能唤起人们的思想，或者使人们警觉或质疑的东西，都会增加他们对书籍的兴趣，这是毫无疑问的事实。"

说到这里，米弗林停顿了一下，若有所思地摇了摇头，然后继续说道："您知道吗，对于知识分子来说，书商的生活令人感到非常消沉，甚至沮丧。他被数不清的书包围着，但不可能全部读完，只能浅尝辄止。他的脑子里逐渐充斥着各种碎片化的肤浅见解，各种一知半解的知识。在几乎无意识的状态下，他开始迎合人们的要求来评价文学作品，他开始不着边际地臧否文坛。对知识分子来说，这样做简直就是自杀。不过，一个好书商身上至少有一点必须得到人们的赞赏，那就是他非常包容。他对所有的想法和理论都非常有耐心，他淹没在人们话语的洪流中，但他愿意倾听所有人的心声。即便是对出版商的推销员，他也会宽容地倾听他的话。为了人类的福祉，他甚至甘愿上当受骗，因为他始终期待着能有好书不断问世。您看，我的生意和大多数人都不一样，我只卖二手书。我买回来的书都是我认为有正当理由值得存在的书，以我自己的判断力为限，我尽量不让我的书架上出现垃圾。好医生绝不会兜售骗人的假药，而我从不售卖伪书。就在前几天，发生了一件特别滑稽的事，一个有钱人，查普曼先生，他经常来我的书店——"

吉尔伯特听到查普曼这个名字，觉得自己的脚总算踩上了一块熟悉的土地，他插话道："您说的可是查普曼食品公司的那位查普曼先生吗？"

"我想应该是他，您认识他吗？"

吉尔伯特面带崇敬地喊道："啊！查普曼先生肯定可以告诉您广告的优点。我们公司负责处理他的所有广告文案——我自己就写了很多。我们把查普曼西梅干包装成了一种代表文明和文化的食品，'品尝西梅，喜上眉梢'这句广告词就是我设计的，您在所有大的报刊上都可以看到这句话。查普曼西梅干世界闻名，日本天皇每周都会吃一次，教皇也喜欢吃。我们刚听说还有十三箱查普曼西梅干将被装上'乔治·华盛顿'号战列舰随总统去英国参加和平会议。捷克斯洛伐克军队的重要食物就是西梅干。我们公司坚信，我们发起的'查普曼西梅干运动'在赢得这场战争的胜利中功不可没。"

"前几天我看到一则广告——莫非也是您的手笔？广告词是'埃尔金手表赢得了战争'。查普曼先生一直是我最好的顾客之一。他听说过玉米烟斗俱乐部的事情，虽然他不是书商，但他一直请求来参加我们的聚会。当然，我们也非常欢迎查普曼先生，后来他怀着极大的热情参与了我们的讨论，而且经常提出许多鞭辟入里的评论。他对我们书商的生活方式十分感兴趣，有一天他给我写信，谈到了他的女儿。她一直就读于一所时髦的女子学校，然而学校给她灌输了很多荒唐、铺张奢侈和势利的观念。他说她对生活的意义和美没有任何概念。他不打算送她去大学，而是问我和我太太是否愿意收她当学徒，来这里学习卖书。查普曼先生打算私下付给我一些学费，并且请我不要告诉他的女儿，让她以为自己在自食其力。他认为让女儿生活在书堆里，能让她的头脑变得清醒一些。查普曼先生打算进行的尝试让我有些紧张，不过这也是对我的书店最大的赞赏，您说是吗？"

吉尔伯特高声叫道："天哪！这将会产生怎样的广告效果啊！"

正在这时，一阵铃铛的响声传来，米弗林先生跳了起来，他急切地说道："晚上一般到了这时候就会很忙，恐怕我现在要到书店去一下了，应该是哪位常客希望我在旁边陪他聊聊书。"

"您都不知道我今晚有多开心！我一定会再来拜访您的书店和您的这些书的！"

"好的，不过关于查普曼先生的女儿的事情您可得保密，我不希望扰乱她的心神，她一定会喜欢这里，也一定会爱上这里的某个人，我想不是约瑟夫·康拉德就是约翰·济慈！"

吉尔伯特出去的时候看到米弗林正在和一个留着胡子的人说话，那人看起来像是大学教授。米弗林说："卡莱尔的《奥利弗·克伦威尔》是吗？有，就在我手边。咦，真是奇怪，怎么没看见呢，之前一直放在这里的！"

书 店

【英】阿道斯·赫胥黎

李江艳 译

阿道斯·赫胥黎（Aldous Leonard Huxley，1894—1963），英国著名作家、博物学家，以其小说和散文作品闻名于世，也创作了许多短篇小说、游记、电影故事和剧本，他的文学作品对社会产生了重要影响。

本篇选自阿道斯·赫胥黎于1920年由伦敦查托和温达斯出版公司出版的短故事集《监狱》，文中描绘了一个令人难忘的老派书店和老派书店老板，作者讲述的故事更是令人唏嘘不已。

看来这条街上确实找不到书店，街上的所有商户都是为了向周围的社区居民提供最基本的生活必需品。这是一条主干道，快速通过的车流带来了一种虚有其表的繁华和生气，这种气氛可以说很轻快，甚至令人兴致盎然。但是这片繁华被四周大片忙碌脏乱的贫民窟包围着，那里潮湿阴暗，泥泞的道路让人感到沮丧。居民们会到大街上来买东西，他们走过街道，手里拿着小块的肉，即使隔着纸包，肉也显得黏糊糊的，他们都住在十分简陋的房子里。女人们戴着黑帽子，披着黑披肩，拎着破旧的草编袋子，拖着脚在市场里逛来逛去。我在想，这样的地方怎么会有书店呢？然而，还真有一家书店。这家书店很小，连窗户上都装着书架，可以隔着窗户看到书背面棕色的封底。右边是一家大商场，里面的家具便宜得令人难以置信，左边是一家餐厅，室内的窗帘把窗户遮得严严实实，窗玻璃上写着"6便士一份套餐"，白色的字已经有些剥落。书店就夹在中间，正面只有一扇门和一扇窗户，窄小得几乎不能把家具商场和餐厅分开。站在书店前面，会让人感叹文学成了一种奢侈品，在提供生活必需品的商业街上占据这个如此狭小的空间其实和书店的身份很相称。但令人欣慰的是，挂在门上的正在营业的牌子证明这家书店肯定活了下来。

店老板站在门口，个子不高，胡子花白，又尖又长的鼻子上架着一副眼镜，镜片后面的一双眼睛非常活跃，骨碌碌转个不停。

我问道："生意还好吗？"

他一边悲哀地摇了摇头一边回答道："比我祖父那时候可是差多了。"

"我们变得越来越俗气了。"

"都是那些廉价又虚伪的媒体，快餐文化压倒了永恒的经典。"

我深表赞同道：“确实，这些报刊，或者更确切地说，这些毫无意义的花边新闻，简直就是我们这个时代的灾难。”

他点点头道：“这些东西都应该——”说到这里他突然停住了，双手紧握做着手势，仿佛在寻找某个词。

我笑着接话道：“扔进火里。”

老人微微摇了摇头，得意扬扬地强调：“不，扔进阴沟里。”

他对书的热爱和我产生了共鸣，我告诉他：“我们的观点是一致的，我想您和我对此都很高兴。我可以看看您店里的宝藏吗？”

书店里的光线是一种黄昏的色调，空气中弥漫着一种旧皮革的芬芳气味，似乎还掺杂着被遗忘书页上的细微灰尘的味道，它们仿佛是一种特殊的保护剂，保存着书里的秘密，就好像亚洲沙漠里的干沙一样，下面保存着数千年前的珍宝，有一天人们挖出珍宝的时候会发现它们仍然完好无损。我打开了手边的一本书，看起来有些年头了。这是一本时装图案的书，上面的插图都是用手工精心绘制的，洋红色、紫色、栗色、深褐色和绿色的甜美色调令人爱不释手。穿着衬裙的美女们坐在画阁一般的游船上在书页上游弋，她们的脚又纤细又平整，比身上的肤色黑一些，像茶叶一样从衬裙下面羞怯而优雅地伸出来。她们都是鹅蛋脸，五官分明，富有光泽的头发乌黑发亮，显得纯洁无瑕。我又想到了现在的时尚人物，她们穿着高跟鞋，脚背高高隆起，扁平的脸上毫无棱角，噘着嘴露出那种带有引诱意味的微笑。今不如昔，从时尚审美的角度来看，现在的时尚人物和这本书里描绘的美女相比就是堕落，这就是我的感受。我很容易被符号和象征所感动，骨子里有点像喟叹人生如朝露的诗人夸尔斯。由于缺乏哲学头脑，我更喜欢把我的抽象概念具体化。于是我想到，如果要我找一个象征来代表婚姻的神圣和家庭的影响，那么最好的选择就是一双像茶叶一样的脚，这双肤色偏黑的脚优雅地从严严实实的衬裙裙摆下面露出来。至于高跟鞋和高高隆起的脚背——哦，好吧，正好相反。

老人的声音打断了我的思绪，他看着我说："我想你应该有点音乐天分吧。"

这倒是，我确实略通音律。他一边递给我一本笨重的对开本的书一边问道："你听过这个吗？"

这是歌剧《恶魔罗伯特》，我从未听过，毫无疑问是我在音乐教育中的空白。

老人拿起书，从昏暗的内室里抽出一把椅子。这时候我才注意到一个令人惊讶的事实——我刚才漫不经心地一看，以为是普通柜台的东西，原来是一架方形钢琴，形状非常少见。老人在钢琴前面轻轻坐了下来，转头对我说道："如果音色上有些瑕疵，你应该见谅。这是一架早期的布罗德伍德钢琴，它诞生的时候还是汉诺威王朝时代呢，到现在已经100多年了。"

他打开琴盖，露出里面已经泛黄的琴键，在昏暗的光线下就像一匹老马的牙齿。

老人翻动着书页，然后停了下来，点了点头说："芭蕾舞曲，很好。我们来听听这个吧。"

他那瘦骨嶙峋、因为年迈总是微微颤抖的手，突然以一种惊人的敏捷弹奏起来，这是一支欢快的芭蕾舞曲，琴声夹杂在门外喧闹的车流声中显得很微弱。老人的演奏非常流畅，音量不大，就像很小的小溪淌着涓涓细流，尽管听起来有点朦胧缥缈，但旋律依然一丝不苟。

"现在是《祝酒歌》了！"老人喊道，他的演奏更兴奋了。他演奏了一系列和弦，这些和弦的音调越来越高，达到了琴弦的顶点。就在歌手们准备好迎接激情迸发，放声歌唱的这一刻，歌剧中令人紧张的悬念被琴声演绎得戏剧性十足。接着就该是祝酒的合唱了，老人一边想象着剧中那个披着斗篷的男主角，在舞台上对着酒壶欣喜若狂，一边开始旁若无人地唱起来：

斟满这杯酒，
我为你骄傲……

老人的歌声沙哑而尖锐，但他的热情弥补了所有缺陷。我从来没见过谁像他这样全心全意地沉浸在狂欢般的歌声中。

他又翻了几页，兴奋地喊道："啊，《地狱圆舞曲》，棒极了！"前奏听起来有点阴郁和悲哀，然后慢慢进入高潮，这段旋律并不像它的名字那样令人感到害怕，反而很悦耳。我越过他的肩膀看了看歌词，跟着他的伴奏唱了起来：

> 夺人性命的恶魔，
> 令人战栗的幽灵，
> 统领地狱的地狱之王，
> 都为阁下欢呼鼓掌！

这时候，一辆巨大的蒸汽卡车发出打雷般的巨响，轰隆隆地从街上呼啸而过，把我唱出的最后一句歌词完全掩盖了，老人的手还在黄色的琴键上娴熟地移动着，我的嘴还在一张一合，但是听不到琴声，也听不到歌声。仿佛是歌剧中那些致命的恶魔和令人战栗的幽灵从地狱界跑了出来，突然闯进这个静谧安宁的地方。

我从狭窄的门往外看，街上的汽车川流不息，男男女女都板着脸，脚步匆匆。我觉得他们其实都生活在地狱界，恐怕眼前这些全部都是恐怖的幻象，来自地狱之王领地的幻象。门外的人们生活在物质的暴政之下，他们的所有行为都是由物质秩序、金钱以及基于习惯和惯例的轻率法则所决定的。然而，在这家书店里，我似乎无忧无虑，身处一个脱离现实的世外桃源。在这里，一个长着白胡子的老人，一个令人难以置信的前朝遗老，坚定甚至顽固地演奏着浪漫的音乐，尽管他悠扬的琴声时不时会被门外那些恐怖的幻象发出的刺耳喧嚣声所淹没。

"怎么样，你要这本书吗？5先令卖给你吧。"老人的声音打断了我的思绪，说着他把这本又厚又重、有些破旧的书递给我。他脸上带着紧张而焦虑的神色，我看得出他是多么急切地想得到我的那5先令，他太需要这些钱了，可怜的人！一种莫名的苦涩涌上我的心头，我想，他像一个例行公事的演员一样一直在演戏，就是为了让我付钱买书，这都是他的老把戏。这个老人身上的超然脱俗和文化修养只不过是商业伎俩罢了。我不由得感到愤愤不平，误以为这个老人是难得的知音，原来他只是另一种恐怖的幻象，在这个静谧的书店里伪装成一个有点滑稽的天使。我给了他5先令，他开始用纸把书包起来。

他似乎怅然若失地对我说："我告诉你，其实我很舍不得让你把它带走，你知道，我喜欢我的书，但它们终归是要走的。"

说完他叹了一口气，我明显可以感受到他的真诚，开始后悔我刚才对他的判断。他的确是一个不情愿居住在地狱界的人，就像我自己一样。

门外的人们这时候应该正在为晚报的报道而落泪：一艘船沉没了，阵地又失守了，某人又发表了激动人心的演说……我和老人面面相觑，两个人都沉默不语，此时无声胜有声。对于整个人类来说，精神世界面临溃败，物质正在取得全面胜利，然而，书店里的我和这位老人，应该是特殊的，因为我们都认为这种胜利让人憎恶。在这个不断扼杀人性精神的过程中，其实物质同样也战胜了这位老人，逼迫他做出牺牲，放弃心中所爱。在穿过摄政公园回家的路上，我发现物质也正在战胜我。我手里的书沉重得出奇，而且我也不知道把《恶魔罗伯特》的钢琴乐谱带回家干什么。我只知道这本书变成了令人讨厌的包袱，使我不堪重负。我又往前走了几步，它变得越来越重，简直让人厌恶。我倚在池塘边的栏杆上，尽可能不动声色地让这本琴谱掉进了脚下的灌木丛里。

我时常在想，最好不要去尝试解决关于人生的问题，生活已经够艰难了，再去思考这些问题只会让一切变得更复杂。"摆脱一个枷锁，又套上另一个枷锁，这就是乏味的人生。"如果能理解和接受这句至理名言，把关于人生的问题束之高阁，不要去试图调和互不相容的矛盾，或许就是最明智的做法。然而，这种所谓的明智何其荒谬！而且有些人根本做不到，例如我自己。另外，我还浪费了5个先令，要知道，在眼下这种拮据的日子里，这实在是严重的浪费。

扫码立领
★书店小故事★同类作品推荐
★小说交流群

巴黎猎书人

【法】路易·奥克塔夫·乌扎尼

李江艳 译

路易·奥克塔夫·乌扎尼（Louis Octave Uzanne，1851—1931），法国19世纪著名的散文家、记者和出版商。

本篇选自路易·奥克塔夫·乌扎尼于1893年由伦敦艾略特·斯托克出版社出版的《巴黎猎书人》，文中生动地描述了巴黎码头书市的一幕幕动人场景，作者饱含激情地向我们展示了那些可爱的巴黎猎书人栩栩如生的众生相。

猎书就是一场"如同战争场景一般的追逐"，许多诚实的爱书人在看到好书的时候都会毫不犹豫、义无反顾地冲上去，而且从全方面考虑，这样的追逐可以说为整个社会提供了最重要的服务——为思想匮乏的地方注入了思想，为那些无话可谈的人们提供了谈资。捕猎野兔的时候，猎狗嗅到了猎物的气味，在田野里奔跑，猎人蹲在灌木丛里向野兔射击，这种追逐与战争不一样，与游击队员投掷手榴弹或拿着冰冷的武器冲锋完全不是一个概念。我们无法完全理解捕猎野兔这种高尚的消遣，就像前线的士兵并不完全了解欧洲和殖民地战场上的战争策略一样。捕猎野生动物的经验在战争中能发挥作用吗？最多只能在某些特定场景下提供一点帮助，例如当骁勇的武士们像熏牲畜一样把那些信仰前定的无辜阿拉伯人从他们的小茅屋里熏出来的时候。

这种追逐与我们勇敢的祖先所说的战争活动越来越不相似，但它存在多种形式，至少可以潜入人们的内心，并主宰人们的想法。没有比这种追逐更微妙、更潜藏于内心、更贪得无厌，也更普遍的激情了。但是，我有一位亲密的朋友，他声称自己对打猎中的追逐不屑一顾，他只想把打猎当作一道烹饪得恰到好处的美味佳肴来享受。为了寻找他的梦想，寻找他心中美丽的风景和蘑菇，他走遍了田野，穿过树篱和沟渠，迷失在森林深处。他翻越围墙，跳过溪流，仔细寻找各种蘑菇，希望看到迷人的牧场和在天空中摇曳的树荫。他非常清楚最好的蘑菇生长在哪里，它们躲在青草或者树叶下面，他在看到这些蘑菇之前就嗅出它们的气味，从远处就能根据整体外观特征分辨出它们，走近时则根据颜色来识别是否有毒，以免在诱人可口的假象下，隐藏着某种和口蜜腹剑的伪君子一样的致命毒素。矿物学家带着他的锤子，植物学家带着他的植物采集箱，昆虫学家带着他的针和网，他们有可能是科学家，但他们肯定都是猎人。许多人都是猎人，都在追逐，例如经常光顾赌桌的赌客，他们不就是追逐好运的猎人吗？风流情人，不过是追逐女人的猎人；演员，不过是追逐成名的猎人；守财奴，不过是追逐金钱的猎人；而警察，不过是追逐罪犯的猎人。总而言之，我们所有人不都是在追逐兴奋和刺激吗？

在所有这些充满激情的追逐中，对书的追逐最令人心旌摇动，在猎书的时候，失败时你会变得更加固执，成功时你会变得更加贪得无厌，你会在欺骗和希望中备感苦恼，然而汲取智慧又会使你无比快乐，再没有比猎书更丰富、更高尚、更健康、更纯洁的追逐了。人们写了无数抒情诗来赞美和歌颂这种快乐，我们完全可以说猎书人的乐趣不仅高尚、健康和纯洁，而且在多样性和强度上也同样无与伦比。这种快乐绝不仅仅是精神上的，生理上的愉悦也毫不逊色，当你翻开一本渴望已久的书，找到一个意外的发现，抚摸一个精美的装帧，掸去书上的灰尘，这些都是用手和眼睛分享的精致快乐。一个抱着追寻已久的那本书的猎书人，心中必定感到狂喜和自豪。我们默默地享受着真正的知识和智慧方面的乐趣，这种乐趣不等于书本身的妙处，而是主要取决于猎书人自己的头脑。

几个世纪以来，巴黎的码头一直是这些拥有敏锐而微妙嗅觉、流淌着炽热血液的猎书人最喜欢光顾的地方。毫无疑问，像所有的狩猎场一样，码头书市上的猎物也不会随着时间的推移而增加，相反，最好的书已经看不到了，剩下的书鱼龙混杂，除了极少数的例外，大都价值不大。这种数量上的减少和好书消失的现象是由许多原因造成的，我们可以进一步来回顾。1866年，约翰尼斯·吉加尔先生在《法国藏书家》上发表了一篇文章，他在文章中指出："如今，每一个消息灵通的书摊老板手上都有布吕内、奎纳德和巴尔比耶的作品。哪怕是那些最薄的书、最琐碎的小册子以及最微不足道的片段作品他们也有，图书目录上都注明了售价。理智地来看，这实在令人感到沮丧。"

约翰尼斯·吉加尔先生说的是许多书商都在出售伪书，这当然令人感到沮丧。事实上，现在要想在码头上那些售卖廉价图书的箱子里找到珍贵罕见的图书几乎是不可能的，但是那些书箱里却有可能找到一些名人的伪作，这倒不是什么稀奇的事情，而且这种古怪、不同寻常的图书因为低廉的价格还能使收藏图书的人感到满意。

善良而富有魅力的作家班维尔在他的编年史作品中兴致勃勃地向公众介绍了一位伟大的诗人，这位年轻的诗人穷困潦倒，吃了上顿没下顿，但是他一直在收藏从码头上那些装满价值两便士图书的箱子里找到的文学杰作，他收藏的图书甚至组成了一个图书馆。确实，他买不起那些昂贵的第一版或者稀有版本的善本图书，但他是幸运的，至少在可敬的作家班维尔的笔下，他的现实生活变成了崇高的理想。一位书摊老板把他在码头书市上的人生经历告诉了我们，他把猎书人分成了三类：第一类是经常猎书的人，他们几乎每天都会在码头上的书箱前面逛来逛去，饥渴地寻找着他们想要的宝贝；第二类是时不时前来的猎书人，他们除了猎书的习惯以外，还有别的工作，有的还住得很远，所以不会经常到码头上来，但是只要他们来到这里，只要迅速扫视一下书摊，就会体验到一种尽管短暂但却难得的快乐；第三类只是过路人，他们的眼光从一排排图书中瞥过，起初漫不经心，之后燃起兴趣，最后唤醒了心中购买一本书的欲望。

在这些猎书人面前，旧书商人展现出了书摊老板所有的资源和精明。图书的陈列完全是为了起一种心理作用，这种作用至关重要。在这方面，旧书商人不仅要了解每天在码头上来往的人们在社会地位和受教育程度上的差异，而且还要了解他们的心理状况和倾向。鲜艳的黄色封面的新书看起来成色很新，书页精美，文字紧凑，这样的书将会吸引感情丰富的女工、厨师和小老板，以及那些喜欢看浪漫小说的广大读者。最受欢迎的书都有一个耸人听闻的标题，摆在一旁露出封面上印着的插画或者图片，打破了一排排图书黄色书脊的单调，让整个图书陈列看起来更有吸引力。《诗歌的乐章》《鲜花的语言》和《圣谕》都是畅销的新版本图书，装帧鲜艳夺目，肯定会卖得很好。差役、工人、面包房的打杂、护士和士兵都会在书摊前闲逛，他们常常随手拿起一本书，从兜里掏出一点零钱买下。对于安静的家庭主妇来说，烹饪方面的图书是最有吸引力的，忽视这些顾客当然是不明智的。伏尔泰和让－雅克·卢梭的作品无疑是一部分读者的最爱，他们希望在宽敞的餐厅里布置一个庄重的图书室，让巨大的餐具柜看起来协调一些，或者当成有用的礼物留给大学毕业的子女们，这通常就是伏尔泰和让－雅克·卢梭的作品最终的归宿。

红蓝两色带着金光闪闪的镶边的图书使孩子们着迷，他们用小手抱着他们的爸爸和妈妈，只要他们答应会好好听话，爸爸妈妈通常都会欣然满足他们买书的要求。这种装帧精美的图书对糕点师、青涩的小伙和电报员也有同样的吸引力，他们总是迫不及待地把红蓝两色封皮的书带回家去。为了吸引碰巧路过的学者、艺术家和上流人士的目光，旧书商人总是会打开几本引人注目的插图书籍、几本羊皮纸封面的旧书和几本艺术方面的图书。许多人就这样在路上被一本有趣的书吸引住了，产生了猎书的兴趣，并因此成为经常光顾的顾客。

如果旧书商人有一些特别的书，例如关于法律或某一门科学的书，那他一般都会把这些书放在一起，这样既便于顾客查看，又能节省顾客的时间，同时还能增加销售的机会。

宗教图书、盗版仿造的书、诗集、教理问答书、办公室图书、祈祷书、教会赠书、冥想等方面的各类图书都装在各自的书箱里。教会的教授希望找到一本好书作为奖励奖给他的好学生，节俭的妈妈希望为她的女儿找到一本关于第一次领圣餐的书，丈夫希望找到答应送给妻子的祈祷书，错过用六折的价格买到想要的书的机会肯定很遗憾。神学院的学生、善良的修女、虔诚的老处女和旅行的牧师，他们都能在这里的旧书摊上找到自己想要的书。

古典书籍也是分类摆放。旧书商人一般会按照语法、数学、希腊语作家、拉丁语作家、德语作家和英语作家这几个类别摆放。有几个摊贩专门卖这种书，尤其是在圣米歇尔广场附近。学生们就是在他们的书箱里寻找自己想要的书。获得奖学金的学生通常会在图书馆查阅学术书籍，但也想手边就有考试大纲规定的课本。学生的父亲需要维持开支预算，也会到这里为孩子购买上学需要的书籍。学校的校长和教授承担着为学生提供书籍的责任，他们也会光顾这里。顾客的流动是周期性的，他们的群体不断变化和更新，各种人群混杂在一起，非常有趣，但是他们对图书的需求和廉价购买的希望都是一样的。

女士们也会光顾码头，这个客户群体不大，她们匆匆走过，有时会很高兴地浏览一下书摊，伸出戴着手套的手拿起书本。摊贩们不太喜欢她们，因为她们总是会有各种抱怨，而且从来不会把书放回原位。在掏钱买书之前，她们会犹豫很长时间，并且像买一只龙虾或者一只鸡一样和摊贩讨价还价。她们还会问各种稀奇古怪的问题，而这些问题常常和买书风马牛不相及，她们的思维令人惊异，有时候提出的问题简直荒谬。

我们听说有一位女士指着博桑吉很久以前出版的一部小说的残破卷，问书商是否能在这部小说的第二卷出版时帮她留一本。一位女士坚持要买《少女》期刊的最后一卷。还有一位上了年纪的贵妇人，穿着庄重，举止高雅，坐着马车来到码头，身后紧跟着她的男仆，她在书箱里看到了左拉的小说《妇女乐园》，然后询问书商有没有乔治·欧内特写的《妇女乐园》，书商自然没有。贵妇人对此深表遗憾，然后庄重地走回了自己的马车里，而那位可敬的书商则深深地鞠了一躬，以掩饰他难以抑制的嗤笑声。

并不是所有书商都有这种轻松愉快的幽默细胞。他们当中也有动不动就粗暴地咆哮、十分厌恶女性顾客的家伙，这些书商会尽量避免接待女性顾客，讨厌她们将书摊翻得乱糟糟，也讨厌她们提出的不着边际的问题，就算女士们穿着高跟鞋端端正正地站在书摊面前，他们也不会有半句奉承话，有时甚至言语粗鲁。

为了公平起见，我们在此应该指出一些书商特别在意自己书摊的整洁，这也是他们不喜欢女性顾客的重要原因。外行的顾客通常不会把从书箱里拿出来的书仔细地放回原处，而这时候书商就会在他身边用袖子掸掸书上的灰尘，然后自己放回原处。这种做法看起来很聪明，但其实是徒增烦恼。

自从有学问的女士们的社会生活不再局限于剧院之后，女性猎书人群体又增加了一种新的成员，其中主要代表是女学生和女讲师。女学生通过了考试，拿到毕业证书，在一所女子学校谋得了职位，变成了女讲师，她们一般很长时间才会到码头上来逛一次。在这里，她们很乐意被误认为是女学究，随着年龄的增长，她们身上的棱角和迂腐越来越严重。女学生和女讲师都会在书摊上快速而轻松地翻阅图书，独占着自己靠着的那个书箱，有时候甚至会做一些笔记，然后漫不经心地把书扔回书箱，总是什么都不买就转身离开了。这种做法令人尴尬，但对于这些女学生和女讲师来说却是巧妙又方便。

讲师候选人和居住在拉丁区的学生经常利用这种方法获取自己想要的知识。讲师候选人已经具备了前辈的那种风度，在为自己谋利方面也没有那么不好意思了。她到码头上来寻找一个问题的答案，研究一个问题，学习一个公式，寻求一个定义。她达到了目的，当她做自己的事情时，很少会关心别人。如果她有钱，她应该会把书买下，因为她喜欢书，但是她没有钱。既然如此，除了利用书摊上的那些书来获取免费的知识，她还能怎么办呢？除非把书偷走。事实上，这些女士中有人大胆地迈出了这一步，她们确实把对自己有用的书塞进口袋或者斗篷里偷走了。尽管这种事情很少发生，但是也的确存在。我们在高瑟隆写的一本小册子中找到了关于这个话题的典型例子。

高瑟隆这样写道："那是6月的一天，我正在码头上二手书商的书箱前面闲逛。我很快注意到一个年轻女子不停地出现在我面前，不时从我身边走过了好几次，然后走到我身边翻看我正在浏览的书箱。她向书商询问道：'你这里有布兰克的《几何学》和布兰克的《物理学》吗？'书商摇摇头表示没有。这两本书是市政厅讲师考试手册上的课本，布兰克应该在年轻学生中颇有名望，但我从没听说过这个名字。年轻的姑娘转头对我大声说道：'很好！反正我也没有钱买。我还没有为讲师考试做好准备，这就是生活！'我和她交谈了几句，原来她是比扬古一所寄宿学校的互惠生，在那里做一些清洁内务工作来换取食宿和学习的机会。她还太年轻，没有获得讲师证书，只有通过考试获得证书才能改善她的处境。但是学校太远，她的工作也很忙，没办法去听公开讲座，而且她也没有钱买书。她唯一的希望就是找到一个能帮助她摆脱眼下困境的人。然后她说要到一个朋友那里去，她的朋友住在塞夫勒街上一套有家具的公寓里，在那里她就像在家一样，星期天和星期四不用工作的时候，她就在那里度过整个下午。我郑重地朝她鞠了一躬，告诉她时间已经很晚了，她应该去找朋友了。有那么一会儿，她的眼睛流露出一种奇怪的神情，眼皮上似乎泛起一阵淡淡的红晕。突然，她朝马路上跑去，很快就消失在码头大门外，她的样子很古怪，好像一艘拖着战利品的巡洋舰，战利品应该是她刚刚偷走的书。"

码头上的书商对身着长袍的顾客的厌恶并不仅限于女性顾客，对牧师也是一样。在他们看来，牧师都是爱管闲事的人，同时又饱受欲望和顾虑的双重折磨。如果有一本世俗的书诱惑了他们，他们就求助于另一个更加邪恶的恶魔——贪婪，并把自己的灵魂交给这个恶魔。他们毫无羞耻地讨价还价，常常提出一个荒谬的价格，这样一来，他们便不会因为贪欲而感到有罪。也许牧师这个职业并没有增加他们的声望，因为他们是所有书商的痛苦，至少书商都是这么说的。

也有一些牧师脸皮比较薄，他们会因为身着教士服而不太好意思讨价还价，书商偶尔会和他们做生意。他们选择的书一般都很俗滥，甚至是色情文学，但书商很乐意作价把另一本书的封皮包在他们要买的书外面，例如把《高卢基督徒》这本书的封皮换上去，这样双方都会很愉快。

在偶然光顾的顾客中，最难对付的是那些衣着考究的绅士。关于一本书的价格，那些庄重的绅士会用最旺盛的精力和书商争论，但是他们的争论也是最不理性的，让他们从装满金币银币的钱包里掏出一些零钱绝非易事。因此有这样一句谚语，谁也不能否认——最喋喋不休的猎书人最有钱。

猎书人中的"非正规军"大都是政府官员和公司职员，偶尔也有富有的藏书家，他们心中偶尔会泛起一种欲望，想要自己去书摊上逛逛，而且这种欲望稍纵即逝。他们会翻看所有图书、报刊、音乐、戏剧、当代文学、美术作品、古典作家的旧版、早期的印刷品、骑士小说等，可以说他们的手会拿起每一本书。对他们来说，在码头上的书摊闲逛是一件愉快的事。他们翻来覆去地翻阅、摆弄，尽情地享受着读书的乐趣，总是希望能发现不同寻常的图书。两天前就在他们心中涌动的对读书的狂热欲望使他们坐立难安，促使他们激动地买下了许多本书。

但是既然他们有着老派的品位，也就难免坚持一些老派的传统，比如讨价还价。他们会尽量还价，甚至会直接把书商的报价砍掉一半，一个铜板一个铜板地讨价还价，但是丝毫不会觉得不好意思，他们深信书商都是抢劫犯，所以绝不会多付哪怕一分钱。

这些人都是宝贵的顾客，因为他们买走了许多书，如果没有他们，这些书可能会一直静静地躺在书箱最下面。但是不少书摊老板并不喜欢他们，总是对他们抱怨颇多。这可能是因为他们常常没有满足这些书摊老板对新客户慷慨解囊的期望。这些偶尔来逛逛的猎书人自然知道自己到这里来的目的，如果不是为了找些便宜图书，他们可能根本不会光顾这里。由于书商总是更急于卖出自己的图书，而猎书人总是更有耐心，所以几乎每一次都是书商先做出让步，这是不可避免的博弈结果，尽管书商可能会因为不得不让价而生气地咆哮。

经常猎书的人的类型更明显，在这些人中间，可以十分容易地找到我们希望研究的对象。在以前的时代，许多孜孜不倦的猎书人几乎每天都会在同一时间出现在一排排书箱前面，但是现在这样的书迷已经越来越少了。现代生活的节奏太快，人们过于忙碌，很难坚持有规律的定期休闲活动。人们的生活往往都是不自由的，很难做到连续两三天在同一时间出现在同一地点。而且，既没有价值又毫无趣味的现代图书每天都越来越多地涌入书箱，对于那些收藏特定领域图书的猎书人和藏书家，以及寻找文献资料的研究人员来说，这种事情令他们感到憎恶。这些人通常隔很长一段时间才会来一次，因为他们知道他们想找的老书可能需要一个星期才有新货上架，每天更新的都是那些令人生厌的现代图书。如果有书商将自己的存货或私人收藏大甩卖，那他们肯定会很快露面，希望找到一些真正的好书。他们挑到了几件精品，兴高采烈地翻看着，因为平时很难见到，所以这时候更加高兴不已。然而，为了这些意外的惊喜，他们多少次像伸长脖子的苍鹭一样在码头上徘徊，找不到心仪的图书时，他们的脚步慢得像蜗牛一样。

这导致猎书人和书商之间产生了一种互相约束的状态。猎书人的光顾变得越来越少，因为值得他们上心的图书越来越少；而书商越来越不愿意展示他们库存中最好的图书和偶然获得的一些有趣的便宜图书，因为猎书人的光顾变得越来越少。在以前，一些书商偶然得到几本好书的时候，一定会迫不及待地把它们放在最显眼的位置，以引起某个特别的买主的注意，因为他们很熟悉这个猎书人的口味，而且知道他会经常来逛逛。然而，过去这种常态如今已经不复存在，冷清和失望使大多数书商都无精打采、情绪低落。各种图书静静地躺在书箱里，蒙上了厚厚的灰尘，在阳光暴晒下变得干瘪，过路的人偶尔拿起来翻看一下，又漫不经心地扔回书箱，原本光彩夺目的图书渐渐变得破旧难看，页边也都卷了起来。有品位的猎书人和图书鉴赏家终于来了，可是看到眼前的图书的凄惨模样，他们也就不再理会了。在这种情况下，书商自然会把他们视若珍宝的藏书放在储藏室里而不是拿出来摆在书箱里，而且大一点的书商早就这么做了。

现在，越来越多的猎书人选择在家里猎书，他们坐在火炉旁边浏览着书商的图书目录，这似乎越来越成为一种习惯；而书商对一本书真正的好坏根本不感兴趣，他们只关心卖得好不好，一些书商甚至堕落到只出售当代垃圾文学和色情文学图书的地步。

不过这样的书商绝不是主流，这种邪恶既不是普遍存在，也没有到无可救药的地步。码头上许多书商的书箱里仍然摆着大量的老书，那里每天都还能见到许多聪明人，这些猎书人除了单纯地从寻找书籍中获得乐趣以外，还知道如何找到足以使他们感到没有浪费时间的书籍。

传统并没有被破坏，今天的猎书人和他们的前辈一样，绝不会轻视猎书的乐趣，尽管他们享受到的乐趣可能没有从前那么多了。他们也会花上一个下午在书箱前闲逛，或许也会买几本书，只不过这些书肯定不会非常珍贵，他们买这些书要么是为了某个领域的收藏，要么是为了学习和研究。

关于猎书人和书商，阿梅代·波米耶于1865年在巴黎的一本幽默杂志上发表了关于码头书市的一首小诗，其中的恶趣味令人震惊：

　　除了图书馆，

就是码头上的书市。

那里都是唯利是图的二手书商，

书箱里摆满了脏兮兮的破书。

还有闲逛的书呆子，

尽管他们一文不名，

但他们却感到舒适又快乐，

他们翻遍所有的书，

甚至偷偷读完了一本书。

我们知道，即使在今天，码头上的书商都是靠那些爱书的人过活，同时他们也知道哪些是真正的好书。希波吕忒·里戈的诗句打动了所有经常光顾码头书市的猎书人：

对老书的爱总是朴实无华，从不装腔作势，

哪怕装帧糟糕，

哪怕不值几个钱。

但这是一种真正的激情，

充满真诚毫不做作，

既没有算计也不是一时冲动。

这是一种健康的情感，一种精神文化，

也是对人类思想史上几乎被人遗忘的一座座纪念碑的

致敬，

这种敬意感人至深。

我们所尊敬的这些老书，

都是我们的先辈所熟知的著作，

也许是先辈们的朋友和知己。

尽管这些老书都被放在简陋的书箱里，

尽管有些已经卷边，有些甚至看起来残破不堪，

但它们依然是许多人的心中所爱，

爱书人温柔的手轻轻抚摸在残破的封面上，

犹如抚摸着最华贵的金缕玉衣的装帧一样。

因为这首诗正是相当一部分猎书人的真实写照，所以码头书市上那些经营老书的书摊老板不缺买家。这些猎书人很有教养，思想高尚，他们的心灵天真而微妙，阳光照耀下的伏尔泰码头就是一个名副其实的图书博物馆，他们沿着码头寻找着被时间遗忘的书籍，偶尔会遇到真正的惊喜。

在这些喜爱老书的猎书人中，有一个人是书商的好朋友，所有遇到他的书商都非常喜欢他，他的身影曾经常出现在码头上和圣米歇尔桥上，他代表了老派猎书人的传统，但是很遗憾，他早就离开了我们。关于他的故事，一位诗人专门写了一首叫作《爱书人雅各》的诗：

他像一只最优秀的猎犬，

沿着孔蒂码头走到伏尔泰码头，

再走到圣米歇尔桥，

一路嗅着每一本书，

检查着每一本书。

码头上尘土飞扬，

黑色的灰尘落在书上，

书便变得肮脏。

他长着一头漂亮的鬈发，

脸上写满了真诚和憨厚，

只要是充满灵感的作品，

无论老作家还是新作家他都喜欢。

他是一个猎书人，

最重要的是他应该是最年长的猎书人，

听说他已经是期颐之年，

见证了世间一百年的变迁。

但当你看到他在跑步的时候，

你会惊讶地以为他是一个年方二十的小伙子。

他博览群书，

各种书籍，小说、诗歌和期刊，

都装在他那聪明的脑子里。

他是我们的前辈，

他是我们的老师，

他和我们一样，

都是爱书之人。

　　据说可敬的雅各临死之前还在自己的储藏室里整理自己的图书，那里是他的私人图书馆。他最后从书商那里买来的书和他一起并排躺在地板上，似乎还在等着主人将它们分类放好，这些书都是原封未动的，雅各把它们捆在一起带回了家，然而还没来得及拆开看一看这次找到的珍宝，他就溘然长逝了。对于书商来说，猎书人雅各去世留下的缺憾没有任何人可以填补。他拥有最惊人的收藏，他收集了18世纪和帝国时期的浪漫小说，而且一直在增加藏书的数量。那些封皮已经变得油腻肮脏的好书，只有他才能慧眼识珠，然而他的去世几乎使这样的书失去了价值，因为再没有人能像淘金一般把它们从大堆大堆的书里淘出来。他还收藏了19世纪上半叶的文学期刊，这一点也是明智的，因为这段时期的文学期刊市面上很多，不用花费什么精力就能找到许多不错的版本。不管怎样，我们都不能指望会有一个继任者像雅各一样在二手书商那里搜寻这些失落的珍宝，尤其是现在的二手书商手上的图书都良莠不齐，垃圾图书占了相当大的比例。

　　猎书人可以说是一道别致的风景。据说在12年或者15年以前，码头书市有一个收集版画的猎书人，他的外貌非常奇特，总是戴着16世纪流行的那种宽檐毡帽，穿着那种大领子翻下来的袍子，书商都叫他伦勃朗神父。他总是来去匆匆，买书的时候也显得很急切。然而，这个让人们眼前一亮的怪人如今已不知在何处。

毫无疑问，我们应该向那些已经逝去的伟大猎书人致以最崇高的敬意和最真挚的问候，半个多世纪以来，关于他们的赞美之词不绝于耳，他们的名望一直延续到今天，例如那位著名的巴黎人，那位可爱的猎书人，被人们称为旧书迷的鲁瓦。有一天，他在码头书市闲逛时花19个铜板买到了一套普拉廷出版印刷的8卷本《尤里乌斯·恺撒》，书的最后是一幅恺撒的肖像，上面还有蒙田的亲笔签名，可以确定那是真迹。这套书后来卖了1500法郎，这真是一笔意外之财！

在许多值得一提的猎书人中，皮雷特最引人注目，他对旧书的狂热完全超出了正常范围，为了买书，他甚至可以不吃不喝不买衣服，所有的钱都花在了码头书市上。他一生积攒了无数图书，临死的时候，他的住处都放不下他的这些珍宝了。按照他的遗愿，人们把他的藏书送去了尚贝里的耶稣会，书多得数都数不清，装满了许多马车。

谈到著名的猎书人，当然还要提到布拉尔。他是19世纪最大的旧书买家，这位和蔼的公证员的面容至今令人难忘，关于他的回忆永远留在猎书人和书商的心中。布拉尔可以说是最彻底的书迷，他买的书要是在地上铺开，恐怕有几英亩！他家里的每一个房间，衣帽间、门厅、楼梯间、客厅、卧室、餐厅和茶水间，每一个角落都放着一堆堆的书。在他去世的那个早晨，他的一位诗人朋友写下了一首值得流传的诗：

布拉尔住在巴黎圣日耳曼郊区，

他的家非常舒适，

他的品格非常诚实。

他离开了我们，

留下了那些书。

我们这位虔诚的猎书人，

常常在早上就开始猎书的旅程，

一天会回家好几次，

每次都在腋下夹着猎书的收获，

手里还提着装满书的特制口袋。

他家里的门厅、餐厅和卧室，

楼梯间、走廊和茶水间，

到处都是书架。

那里是他的乐园，

是他的避难所，

他把藏书奉若神明，

在那里虔诚地膜拜。

这个摆满神像的神庙里，

除了他就是蜘蛛和螨虫。

不是三万多本，

而是三十多万本，

藏书就是布拉尔的珍宝。

在二十多年的时间里，

这些曾经在码头书市上风吹日晒的书，

都被他带回家里。

许多头脑迟钝的人或许对他颇有微词，

但这位英勇的老人，

始终傲慢地蔑视那些轻浮的批评。

让我们打开布拉尔的万神殿，

瞻仰他供奉的神明，

为了拯救我们，

他为我们保存着这些珍贵的书籍！

布拉尔毕生搜集的藏书多达30多万册，诺狄耶曾尊称他为"可敬的布拉尔"。出于好奇，我们还买了一份布拉尔的藏书目录，虽然是用很小的字体印刷的，但是仍然很厚。

1825年5月6日，布拉尔在巴黎病逝，享年71岁。布拉尔曾经翻译过几本英文作品，他不仅是一位虔诚的猎书人，也是一位饱学的学者。人们不会忘记他对藏书的热爱，他的名字将永远在图书史上占有一席之地。

现在仍然有许多大买家频繁地出现在码头书市上，二手书商当然也乐于见到爱好广泛的猎书人，他们喜欢的图书包括所有类别，而且也都不难找到。在爱丽舍宫就职的弗朗西斯·皮蒂将军却不是这样的猎书人，熟悉他的书商都对他备感遗憾，因为他喜欢的书很少有卖的，也几乎没有人买。弗朗西斯·皮蒂将军只会买法国诗歌，无论是现在还是以前的作品，他都会掏钱买下。他在这方面的藏书可能是同类藏书中最完整的，在他死后，他的继承人把他的藏书拍卖了，但是并没有获得多少钱。这恐怕又一次证明，诗歌不能当饭吃，令人喟叹不已。

在最近消失无踪的猎书人中，我们必须提到尚特劳兹先生，这位猎书人被人们尊敬地称为"红衣主教"。尚特劳兹几乎一生的时光都是在巴黎的码头书市上度过的，他孜孜不倦地寻找狄多、雷诺阿、勒费弗尔等人的经典著作，这些书都是大开本，通常都很整洁。尚弗勒里也是著名的猎书人，他购买了许多在特鲁瓦、埃皮纳勒、鲁昂、里尔等地印刷出版的版画、漫画和流行的小册子。在他消失之后，似乎有人接替了他的爱好，因为现在还有几个书摊老板展示着他喜欢的图书，尽管都是些又脏又破的旧书，却都放在了20个铜板一本的书箱里。还有一位名叫弗耶·德·孔什的猎书人，他主要的兴趣是寻找名人或者作家本人的亲笔签名。米歇尔·夏莱喜欢古老的数学书籍和阿拉伯学者的著作，同时也喜欢收藏带有名人签名的图书，他甚至买到了都德亲笔签名的《不朽者》，但是这样的签名大都是骗人的赝品。

几年前，所有的书商都把一位猎书人当成模范顾客，总是会热情地迎接他的到来，现在他消失不见了，让一些书商非常苦恼。这位猎书人就是卡普捷先生，他是一位富有的商人，为军队供应布料。每天下午5点钟，他总是会来到书市，拿着眼镜四处闲逛，寻找他想要的书。他信奉折中主义，而且有着非常丰富的现代文学知识，这使他成为书商眼中的典范，而且一直是绝无仅有的典范。只要是有些天赋的作家的第一部作品的第一版，他都会掏钱买下，他还花高价买下了书商手中珍藏的作家手稿和带有亲笔签名的图书。但是他后来卷入了政治风波，突然失踪了，再也没有来过码头书市，据说他已经破产，还卖掉了所有的藏书。

　　说到一流的猎书人，我们不能忘记泽维尔·马米耶，他一直都是最忠实的猎书人。他是一位学者，最喜欢外语图书，他的藏书包括从意大利语到北欧语言的通俗故事，以及我们所知道的所有民间传说。除了收集这些书之外，他还喜欢长途旅行，常常到远方游历。他会仔细翻阅书箱里的书，一般不会迫不及待地买下一本书，根据长期以来的猎书经验，他知道这里有多少好书，只有仔细寻找才能保证不会漏掉自己喜欢的每一本书。经过热情而持续的搜寻之后，他会把自己喜欢的书一网打尽，书商非常尊重他，没有谁会利用他那种自负但毫无恶意的狂热之情来漫天要价，也没有人会专门去收购这位出手阔绰的猎书人喜欢的图书再加价转手卖给他，尽管他喜欢的书在二手书市上不会很难找。猎书对这位学者来说是一项非常严肃的活动，因此他会穿着一套特制的服装来到书市，衣服上的口袋又多又深，这样他就能把许多书像塞进麻袋里一样塞进衣服里。在很多方面，泽维尔·马米耶都堪称一位杰出的猎书人，他拥有完美的礼貌，在他的身上，人们可以看到旧时代最好的传统。在和书摊老板讨价还价之后，他从来没有忘记递给书摊老板一支香烟；如果是女老板，他一定会从口袋里拿出糖果盒，请她品尝一块美味的巧克力。

关于这位和蔼可亲的文人的逸事不胜枚举。有这样一个故事，不久之前，泽维尔·马米耶花两个铜板买了一本书，他似乎非常喜欢这本书。他递给书摊老板一支烟，然后坐在书摊老板的椅子上翻看起来。过了一会儿，他笑着对书摊老板说："我的朋友，我太高兴了！说出来你都不信，我找这本书已经找了十年了！真是太感谢你了！"一边说着一边将一枚5法郎的大银币塞到了目瞪口呆的书摊老板手中。

还有一次，他刚以低价买了一本书，准备有时间仔细阅读。天下雨了，他只好先在附近的一家咖啡馆避雨。他点了一杯牛奶，然后开始翻看那本书，翻着翻着，他发现有两页书粘在一起，揭开一看，里面夹着一张100法郎的钞票——应该是一位爱书人藏在书里的钱。就在这时，他清清楚楚地听见身边有一个人悲伤地说道："明天我必须得付房租，我的妻子和孩子就要流落街头了。我今天必须把整个书摊卖掉才行。也不知道怎么回事，我鬼使神差地6个铜板就把那本书卖给了一位系着丝带的先生，他已经走了。我彻底完了，外面在下雨，只怕是老天爷都在为我这个糊涂蛋哭泣。再见了，我的书摊！"泽维尔·马米耶一下子明白了他说的那位系着丝带的先生就是自己，而旁边这个伤心人就是卖给自己这本书的书摊老板，书里面夹着的100法郎肯定是他的。泽维尔·马米耶一下子站了起来，拉起书摊老板的手，一边把那100法郎塞到他的手里一边说道："我的朋友！你是不是忘了你刚才卖给我的那本书里放着什么东西？我还给你！"

最感人至深的是泽维尔·马米耶在遗嘱里专门写下的一段话："为了纪念我在左岸码头书市上和一些令人愉快的书商度过的美好时光——那是我人生中最快乐的记忆，我将留给这些可敬的书商1000法郎。我要求把这笔钱花在这些善良诚实的书商身上，他们大约有50来位，请他们用这笔钱一起欢宴一场，希望他们欢宴的时候会想起我。在我的一生中，几乎每天都会在皇家桥和圣米歇尔桥之间的码头书市上散步，这也是我曾过着知性生活的证明。"

通过这种方式，泽维尔·马米耶永远活在人们的记忆里。在他美丽而光荣的人生彻底被遗忘之前，我们不妨将他的生平勾勒成一幅肖像。泽维尔·马米耶是一个书商的儿子，是一个文人和学者，更是一个虔诚的猎书人，他对书的热爱，他的决心和精神令我们望尘莫及。

阿纳托尔·法朗士这样写道："泽维尔·马米耶先生在他对书籍的热爱中表现出了他天生的谦逊和谨慎。我认为，他从来没有因为财富的微薄而苦恼过，即使财富的微薄使他无法与金融界那些自命不凡的所谓的爱书人竞争稀有版本和具有历史意义的书籍。哪怕是一本默默无闻的书，对他来说也已经足够好了，或许这本书没有得到人们的重视，装帧也不讲究，但一定充满了智慧和学问。他的藏书似乎都是按照他自己的形象选择的。如果我说的没错的话，泽维尔·马米耶的藏书就是一座真诚而不失幽默的巴别塔，在这座巴别塔里，世界上的所有语言谈论的都是甜美的诗歌、口口相传的故事和世界各地人们各种各样的风俗习惯。泽维尔·马米耶先生将他的藏书遗赠给了蓬塔利耶镇，相信这个边陲小镇会为他的慷慨而感到自豪。我在码头书市上见过他很多次，他总是弯下身子查看着书箱，目光非常锐利。和这位老人的见面总是令人感到愉快，他的五官长得很像梅里美，但更温和一些，说话时总是机敏而和善。"

这段评论的作者阿纳托尔·法朗士出生在一个书商家庭，天生就是书迷，品位非常讲究。他一出生就与书相伴，在数不清的书籍中度过了童年，对巴黎的码头书市了如指掌，这也是为什么他和泽维尔·马米耶会有着深深共鸣的原因。阿纳托尔·法朗士热爱文学，并成为法国伟大的文学家，1921年荣获诺贝尔文学奖，1924年他去世的时候，法国政府还为他举行了盛大的国葬。

方丹先生也是一位著名的猎书人，他和泽维尔·马米耶是同一代人，出生于1830年左右。他保留了那个浪漫时代的装束，还保留了从前辩论时的优雅激情，以及那种慷慨激昂的贵族魅力，他身上的高尚情操即使是现在那些怀疑论者也不得不折服。他主要收集的藏书是旧版的法国经典著作。光是布瓦洛的作品，他就有60部之多。大家都很羡慕他，因为他懂得如何简单而又实际地塑造自己的快乐，并为自己的快乐划定界限。

然而，不是每个人都能很平静地享受拥有藏书的感觉。有些人就像图斯坦伯爵一样，对他们来说，无论哪一本书，只要买到手，就会彻底失去魅力，他们一辈子都在把从一个书商那里买回的书再卖给另一个书商，总是在进行各种令人难以理解的图书买卖，但永远也不会感到心满意足。这样的猎书人对书商来说就像摇钱树一样，因为无论是买书还是卖书，书商与他们的每一笔交易都会以赢利告终。

猎书人对书本的追求各有各的品位。例如穆顿·杜维内先生只收集18世纪出版的小册子，他一般不会看到第一页就喜欢上一本书，他看到三四页的时候会比较着迷，看到七八页的时候则会感到疲惫，要是看到第8卷第16页的时候，他就会叹口气，勉强说服自己买下这本书。

老市政议员德尔桑特先生也是一位热爱书籍的猎书人，他一直热衷于炼金术的秘密，甚至幻想着长生不老。他会把以幸福为主题的散文和诗歌作品都买下来，如果他买下所有这些书，许多人追求的秘密对他来说就会洞若观火。不过他还没有全部买下来，从他投入的热情来看，要完成这个目标似乎还需要一段时间。买书的时候，他总是竭尽全力地讨价还价，当他还价成功的时候，也就预先品尝到了他正在追寻的那种绝对幸福的滋味。

还有一位单身汉，码头书市上的人们都叫他老男孩维厄。维厄看起来总是神采奕奕，戴一顶帽檐很宽的高帽子，代表着他在科学和艺术领域的独立精神。在他仔细浏览一本书以确定是否完整之前，他从来不会询问价格。如果他和书商交谈，一开始总是会说："你知道，这本书已经卷边了，有一页被撕破了，还有一页上面有污点，你看，空白处还有发霉的痕迹。"他老是想着这样就能以较低的价格买到想要的书。确实，这是一个不错的算计，书商一般都比较诚实，而且他们不见得对自己的每一本书都十分了解，当听到这样精确而又诚恳的批评时，通常都会让步，于是为了成交，一般都答应了维厄的还价要求。

码头书市的常客中还有一位可怜的神父，他总是浑身脏兮兮的，胡须至少一个星期没有刮了，身上已经褪色的教士服旧得厉害，都能看到一些磨损的破洞，袜子很脏，鞋跟也磨平了。他几乎每天都会来书市逛逛，收集一些关于神学和宗教辩论的小册子，不过他买的书的价格不会超过几个铜板。当他找不到想要的书的时候，书摊老板常常会拿出一些宗教作品递给他，例如《萨莱特的神迹》和《卢尔德圣母院的幽灵》。这时候神父脸上会露出十分奇怪的微笑，他喃喃道："这不过是一种宗教偏执罢了，不能当真。"一边说着一边做出一个不耐烦的轻蔑手势，狠狠地把书扔在地上。

德泽特先生喜欢收集各种关于幽默和歌曲的书籍。他是一个老派的人，只要是自己喜欢的书，哪怕破旧或者不完整他也会欣然买下。不过当他有一天发现了更好的版本时，他就会把之前买的有瑕疵的版本换掉，因为他是那种善于利用事物的人。在猎书人中，不少人都是德泽特的竞争者，这也难怪，面对那些18世纪出版的轻松活泼的故事书，或者一本整洁干净、页边留白很宽的歌曲集，每个猎书人恐怕都会渴望将其收入囊中。德泽特不会把关注的范围超出自己的专长，他总是明智地收集所有可能找到的好书，因为他知道，只要多点耐心，在买到两三本不算好的书之后一定能找到一本真正的善本。

喜欢收藏年鉴、文学杂记、美图和纪念册的猎书人的情况通常都差不多。这些书籍装帧精美、保存完好，一般都在较高档的书店里出售，价格也很高，基本上只属于有钱的顾客圈子。但这个圈子中也有相当一部分人会光顾码头书市，他们为人谦逊，从不装腔作势。这些博学的猎书人在码头上寻找自己想要的书，不断搜集和完善某一套藏书，并最终成功地买到了完整的成套作品。当他们看到装帧精美的全套作品时，自然也享受到了极大的乐趣。斯波尔贝格·洛文约尔先生对这个快乐的过程并不陌生，他曾多次在巴黎、布鲁塞尔以及其他地方用这种方式完成了许多整套图书的收集。

每天下午1点到2点，财政部的高级官员亨伯特先生都会在码头书市散步，而且很少空手而归。他喜欢的图书很多见，可以说随时随地都能找到。只要是和巴黎有关的东西，他都会不加选择地购买——包括书籍、杂志、报纸、乐曲、歌曲、人物传记、肖像等。亨伯特已经出版了一个非常了不起的巴黎风情图书目录。他每天在书市上都会有新的收获，这也使他明白，要想完成一个完整的巴黎风情图书目录绝对是一件不可能的事情。他的藏书不断在增加，而且这些藏书的命运肯定比巴黎许多一流图书馆书架上那些落满灰尘的书籍要好得多。亨伯特的藏书合适的归宿应该是巴黎卡纳瓦莱博物馆，那才是配得上这些书的地方。

《逆天》和《在那里》的作者若利斯·卡尔·于斯曼先生不仅是一位杰出的作家，也是一位孜孜不倦的猎书人。我们很难想象，他收集的藏书主要是关于神秘主义和神秘学的著作，其中包括魔法书、宗教秩序的规则、关于钟的专著和宗教音乐。另一位作家亨利·塞阿德先生也是热情的猎书人，他一直在版画作品集里寻找左拉笔下的巴黎场景和人物肖像。不过他对肖像方面的好奇心并不完全局限于左拉一个人，他也关注和左拉同时代人的一些作品，当然，左拉的系列作品肯定是最值得一看的，因为左拉对同一个主题会有许多不同的修饰和表现形式。

关于我们当代的猎书人，可能要提到整个巴黎文学界——克莱雷蒂、乔治·蒙瓦尔、莫里斯·图尔纽克斯、拉乌尔·庞琼、博克尔、龚古尔等人都是很有学问的猎书人，他们都喜欢在码头书市上享受阳光，也都知道哪个角落的书箱里装着最好的书，时不时会找到一些意外的收获。当然还有科佩、帕耶宏和苏利·普吕多姆，不过假如我们要把文艺界，以及艺术家、画家、雕塑家和演员中的知名猎书人都列出来，那这个名单就未免太长了。我们总是不断听到关于热情的猎书人的消息，而他们的身份并不一定让我们联想到他们也是热爱书籍的人，甚至有时候听到某位医生也是猎书人时会感到有点惊讶。不过有一件事情再清楚不过了——码头书市上著名的猎书人比那里的书箱还要多。

我们在前文中介绍过热爱漫画的尚弗勒里，他现在似乎有了一位接班人，约翰·卡尔特雷先生也是热衷于收集漫画的猎书人。不过一些书商和我们聊到约翰·卡尔特雷的时候却没有表现出太大的好感，他在讨价还价时的各种抱怨和唐突粗鲁的言语显然不会在码头书市上受到欢迎。尽管如此，他还是按照自己的兴趣继续收集图书，如果他愿意的话，他也会回避那些不喜欢他的书商。

我们可以给所有善良的书商一个建议，尽量把精细黑体字印刷、页边留白很宽的大开本拉丁语书籍摆在显眼的位置，尤其是意大利作家博尔多尼、英国作家巴斯克维尔和法国作家皮埃尔·迪多的作品。尽管这些的确都不是很流行的书，但是诗人让·里切平和其他几位诗人都非常喜欢，他们时不时就会到左岸码头上的书箱里碰碰运气。他们不关注书的外观，只关注内容，这些诗人非常明白高尚和卓越常常会隐藏在褴褛的衣衫和多舛的命运之下。

关于巴黎猎书人，我们已经说了很多，要想详尽介绍也是不可能的，因为巴黎猎书人也在不断地更新和发展。我们不应该漏掉一位值得尊敬的医生，帕西·尼古拉医生，他是医学博士，也是热情的猎书人。他经常沿着码头书市仔细寻找解剖学和病理学的古典著作，并翻看每一本著名医学家的作品，为此花费了大量的时间和精力，而没有一味地增加出诊和扩大业务。这是多么令人钦佩的谨慎精神！

帕西·尼古拉医生是诺曼人，保持着喜爱苹果酒和苹果树的传统，去年夏天他带着自己的一箱箱书离开了巴黎。受过他治疗和照顾的病友们都为这位坦率而博学的医生的离开而感到十分遗憾。

相比那些业余的猎书人和外行来说，书商在图书领域要专业得多。正是因为有了这些专业素养很高的书商，图书交易才会变得更顺畅，卖出的书才会更多，这样码头书市才能欣欣向荣。书商一般都是某个领域的专家。例如波拿巴街的书商里昂·萨潘先生只喜欢收藏带有亲笔签名的图书和手稿，以及各种演出海报。有些书商只购买关于戏剧和浪漫主义文学的书籍，有些只购买法律方面的书籍，还有些只购买经典著作或者宗教书籍。塞纳河大街的书商多邦先生每天都会和妻子一起出现在码头书市，只要看到有点价值的图书，他都会买下，多邦夫妇颇受码头书商的喜爱和赞赏，然而不幸的是，多邦夫人不久前去世了，而多邦先生再也没有来过码头书市。

真正杰出的专业书商的业务包括任何有利可图的图书销售，他们不会把自己局限在某一个领域，而是什么都学——文学、法律、医学、自然史等，至少精通两个或两个以上的领域。这样的佼佼者当然不多，一直以来只有三个人达到了如此高的水平。其中最奇特的一位是居弗鲁瓦。25年来，他一直在探索码头书市，他的探索利润可观，这也让他一直过着惬意的生活。没有人能比他更敏锐地察觉到一本珍本或绝版书的存在，关于图书目录的所有分支，他了解的信息都是最新的，包括现代文学的最新作品。他认识所有真正严肃认真的书商，这些书商都很欣赏他的工作，而且都会为他提供最大的帮助。居弗鲁瓦总是能以最优惠的价格买到他想要的书。

第二位真正杰出的专业书商是菲利普·奥克斯先生，他的事业和居弗鲁瓦差不多。在浪漫主义作品和怪异奇书方面，他堪称一位优秀的鉴赏家，但是在图书目录知识的广泛性上，他远远不及居弗鲁瓦。

第三位是莫雷尔，他是孔蒂码头书市的一位老书商，在法律和医学图书方面的鉴赏水平非常高。许多书摊老板都说莫雷尔因为贪财而变得越来越谨慎，他现在猎书的时候，常常宁可放弃赚到几个法郎的机会，也不愿意多掏几个铜板来买书。大家都叫他"斤斤计较的莫雷尔"，这个绰号是因为他离谱的交易方式和在做生意上的吝啬。

巴黎猎书人的故事讲到了尾声，但我们肯定不能说这就是完整的故事。我们一直在尽可能谈论一些熟悉的事情，但同时也意识到忽略了许多更普通的猎书人，例如码头书市附近的出租车司机，他们都因为近朱者赤而感染了对旧书的爱好，而且这种爱书的热情在出租车司机中间可以说非常兴盛，另外还有中老年女士，她们中间也有许多值得尊敬的猎书人，甚至不乏一些颇具鉴赏力的猎书人。

一位猎书人这样说道："你必须亲身体验到猎书的乐趣，这样才能了解它，才能懂得这是一种仁慈善良而又宽慰人心的精神。或许猎书的快乐不见得比其他所有快乐更甜蜜，但至少在情感变化上更丰富，也更受文雅和有思想的人们的喜爱，而且对于这样的人来说，这种快乐更真实也更重要。我们清楚地知道猎书的魅力，你看，年轻人满怀热情地投入其中；有才能、有智慧的人从中获得了无尽的乐趣；富人和权贵们也乐于享受其中，他们之中有许多人真心喜爱猎书，胜过了其他所有属于富人和权贵阶层的消遣娱乐活动。就连一些贪图享乐之辈，真正的感官刺激的奴隶，都会常常忍耐着旧书散发出的并不好闻的味道，将目光停留在有污渍的书页上，而且乐此不疲。"

可敬的猎书人雅各这样写道："倘若有人问我谁是最幸福的人，我会说，最幸福的人肯定是爱书的人！如果爱书的人最幸福，那么幸福就是一本旧书！"

他说的对吗？

历尽艰辛话买书

【英】乔治·吉辛

马永波 张云海 译

乔治·吉辛（George Gissing，1857—1903），英国小说家、散文家。代表作有《新格鲁勃街》《在流放中诞生》《四季随笔》《人间地狱》等。

本篇选自中国国际广播出版社2016年出版的乔治·吉辛的散文集《四季随笔》。"很多次，我站在食物摊和书店的窗口之间，被知识的需求和肚子的需求之间的冲突所折磨。"穷苦的图书爱好者节衣缩食买书、卖书的故事令人感慨。

一

我翻动书架时，那些书总让我想起兰姆的"衣衫褴褛的老兵"那句话。并不是我所有的书都是二手货，很多书到了我手里时封面是新的，相当整洁，有一些装订得富丽堂皇，还散发着香味。但我搬家太频繁，每次搬家时对这个小图书馆又相当地不经心，说实话，平时我都不太经心打理它们（在所有现实事务中，我都懒惰而且无能），以至于最精致的图书都现出磨损和伤残。不只一本在打包时被巨大的钉子穿透——这仅仅是极端的例子。现在，我有了悠闲的时光和平和的心境，我发现自己变得更细心了——这证明了那句话：美德是由环境养成的。但我必须承认，只要一本书没散架，我就不太在意其外观如何。

我认识一些人，他们说既喜欢读图书馆的书也喜欢读自己书架上的书。对我而言，这是不可理解的。理由之一是我通过味道来识别我的书籍，我需要把鼻子放到书页之间以记起与之有关的一切。例如，吉本这套装帧精美的米尔曼版8卷本著作，30多年来我读了一遍又一遍，每一次打开，书的气味都让我想起它作为奖品发给我时的狂喜之情。还有莎士比亚——了不起的牛津版莎士比亚——它具有一种把我带回更遥远的时代的气味，因为这些书属于我父亲，在我还不能理解它的时候，能从书架上取下一本，虔诚地翻开它，是我父亲给我的特别优待。这套书散发着和那时一样的味道，每次手中拿起它，都唤起我心中一股奇异的温柔之情。因此，我很少读这一版本的莎士比亚。因为视力和过去同样好，我会用环球出版社的版本阅读，买这本书可以说很是奢侈了一把。因此，我用特别的感情对待这套书，它让我做了相当大的牺牲。

牺牲——这个词真不是夸张。有十多本书都是我省吃俭用，勒紧裤腰带得来的。很多次，我站在食物摊和书店的窗口之间，被知识的需求和肚子的需求之间的冲突所折磨。当晚餐之时，我的肠胃因渴望食物而翻转，这时，我刚好看到一本久已垂涎的书，价码又很合理，我无法释手，但买下书就意味着肚子挨饿。海恩著的《提布鲁斯》就是在这样的情况下购得的。它躺在古治街的一个旧书摊上，在这种旧书摊上，你有时可以从一大堆垃圾中淘到宝物。它只要6便士——6便士！那时，我通常在牛津街的一家老咖啡店吃晚餐——那种老咖啡店现在已很难找到了。我全部的钱就只有6便士——是的，那就是我在整个世界拥有的全部财产，它将为我买到一大盘的肉和蔬菜。虽然第二天我会拿到一笔小钱，但我不敢奢望《提布鲁斯》会等我到明天。我在人行道上徘徊，手指摸着口袋里的硬币，两种欲望在心中争斗。我最终买了书，回家在面包上涂了黄油，边吃边阅读。

在这本《提布鲁斯》最后一页上，我发现用铅笔写的一行字："珀尔拉治，1792年10月4日。"这个将近一百年前拥有本书的人是谁？除了上面这一行字，再也没有其他信息了。我倒是愿意想象他是个像我一样的学者，贫穷而充满渴望，用血汗钱买下这本书，像我一样享受阅读这本书的乐趣。他到底花了多少钱，我不得而知。温柔的《提布鲁斯》！这本书留给我们一个比任何罗马时期的文学更动人的诗意描述。

> 或者在茂密的林中悄然而行，
>
> 对适合机智良善者的事情予以沉思？

这本书和许多书一起挤在书架上。把它们拿下来，就能让我鲜明而生动地回忆起曾经的挣扎和成功。在那些日子里，金钱对我来说，除了能买书之外，我毫不在意。对有些书，我内在的激情超过了身体的需要。我当然可以在大英图书馆里阅读，但这怎么能跟在自己的家里阅读它们的快乐相比。不止一次，我买了一些破损的，上面被乱涂乱画的，撕裂的书籍——即便是这样，我也更愿意读一本属于自己的书，而不是别人的书。但有时我觉得太纵容自己了。有时，一本书诱惑了我，让我爱不释手，从俭省的角度来说，我应该放弃而不去染指，但最终我却没有经得住诱惑。例如，我的《荣格·斯提尔林》就是如此。当我经过好莱威尔街时，它进入我的眼帘。我因为读过他的《真理和真相》一书而熟悉这个名字。翻阅这本书时，我的好奇心也在增长。但那天我抑制住了自己，事实上，我拿不出买书所需的18便士。那时，我真的很穷。我经过《荣格·斯提尔林》两次，发现它没有买家。有一天，我获得了一些钱，马上奔向好莱威尔街（那时，我平均每小时步行5英里），来到一个小个子的灰白头发的人跟前，我通常从他那里买书。他的名字叫什么？忘了。但我记得，这个小书商以前是个天主教牧师。他拿起我要买的书，沉思了一会儿，然后，扫了我一眼，似乎是自言自语地说："我希望我有时间读这本书。"

为了书，有时我除了节食以外，还要做搬运工。在靠近波特兰路车站的一家小书店里，我偶遇吉本著作的第一版，价格便宜到了荒唐的程度——一卷只卖一先令。要把这一整卷的新书拿到手，我需要把大衣当掉。虽然我身上没钱，我住处却有些钱。当时我住在艾斯林顿。我跟店主谈妥之后，先步行回家，拿了钱，再走回书店，把这一大套书从犹斯顿路西搬运到艾斯林顿的一条大街上，那里远远超过了天使酒店。我分两次才搬完——这是我第一次用重量来思考吉本。有两次——是三次，如果一定要算上我回去取钱那次——从犹斯顿路下去，又爬上本顿维尔。我一点也不记得当时的季节或天气。我拥有这套书的快乐赶走了任何其他不愉快的念头。当然，除了重量之外。我有无限的精力，但体力有限，书籍搬完之后，我瘫倒在椅子里，汗水淋漓，松弛无力，腰背酸疼——但欢欣鼓舞！

那些生活富裕的人听了这样的故事会震惊无比。为什么不让店主把书送上门？或者，如果我等不及，难道不能乘公共汽车吗？我如何才能让富人们相信，那天买了书之后，我再也付不起哪怕是一便士的钱了？不，不，省钱省力的交通运输不是我所能负担得起的。我每一分钱都是血汗钱。那时，我几乎不知道乘公共汽车旅行是什么滋味。我曾在伦敦连续步行12到15小时，根本没想过要花钱乘车以节省体力或时间。作为一个不能再穷的穷人，我必须舍弃一些东西，公共汽车就是其中的一个。

多年以后，我把第一版的吉本著作卖掉了，卖的钱比买时更少。它和许多别的书一起卖掉了，因为我常常搬家，它们成了巨大的负担。那个买这些书的人把它们称之为"墓碑"。为什么吉本在市场上卖不出好价钱？我经常为他的书感到遗憾心痛。我怎么能忘记阅读那本印刷精美的《罗马帝国衰亡史》的快乐！书籍的质量适合书的内容，只需看上一眼，我的心就变得柔和。我想我还可以再买一套，但它怎么能与以前的相比？那套书目睹了我辛勤的劳作，蒙上了记忆的尘埃。

二

肯定有一些像我一样气质和经历的人还记得波特兰路对面的那家小书店。它很特别。它的书种类固定——大多是神学和古典著作，而且，大多是被认为无用的老版本，和已经被现代版本取代的失去神学价值的老书。店主是个相当绅士的人，再加上他给书的标价极低，我有时忍不住想：他开这样一家书店纯粹是出于对书籍文字的爱好。我曾在那里花几个便士买到在我看来价值不可估量的图书，而且，我买的任何一册书都不超过一便士。我曾见过一个刚从学校出来的年轻人，用好奇而蔑视的眼光看着我在这一堆陈旧的物品中翻找，他不知道我内心多么快乐！例如，我的《西塞罗书信》，用羊皮纸包装的一大卷，附带着很多学者的注释。啊，书籍老得过时了，但我对此毫不在乎。假如我能和这些学者一样知识渊博，这个年轻人对我的蔑视又算得了什么呢？对知识的渴望永远都不会过时，这些学者在我面前树立了一个像不熄的圣火一样的榜样。现代的编辑还有像这些为西塞罗做注解的老学者那样的爱和热情吗？

即使现在最好的书籍也带着学校课本的痕迹，你能感到编辑仅仅把文学作品当成简单的课文。就算我是个老学究，我依然认为老书比新书好。

两种不同的书店老板

【法】巴尔扎克

傅雷 译

奥诺雷·德·巴尔扎克（Honoré de Balzac，1799—1850），法国小说家，被称为"现代法国小说之父"。一生创作甚丰，著有90余部小说，合称《人间喜剧》。其中《幻灭》揭露了文坛和新闻界内幕，集中了作者主要的生活经历和深切的生活感受，是《人间喜剧》中最有价值的作品之一。

本篇选自《幻灭》，小说讲述了两个有才能、有抱负的青年奋斗失败、理想破灭的故事，反映了法国大革命后整整一代青年的社会处境和精神状态。

九月里有一天上午，天气相当冷，吕西安夹着两部手稿，从竖琴街往下走到奥古斯丁河滨道，沿着人行道踱过去，瞧瞧塞纳河，瞧瞧书店，仿佛有个好心的神道在劝告他，与其投入文坛，还不如投河。从玻璃窗或店门口望到的脸相各各不等，有的和善，有的好玩，有的快活，有的抑郁。吕西安先是迟疑不决，苦恼得厉害，把那些脸孔仔细打量了一番。最后发现一家铺子，好些伙计在门口忙着打包，准备发货；墙上全是招贴，写着：

本店发售

——德·阿兰戈子爵著：《孤独者》，第三版；

——维克多·丢冈日著：《雷奥尼特》，全五卷，上等纸精印，十二开本，定价十二法郎；

——盖拉德里著：《道德综论》。

"这些人可运气啊！"吕西安叫道。

招贴是有名的拉伏卡想出来的新花样，那时初次在墙上大批出现。不久群起效尤，巴黎城内花花绿绿贴满了这种广告，国家也增加了一项税源。在安古兰末那末威风，在巴黎那末渺小的吕西安，心里又激动又慌张，沿着屋子溜过去，鼓足勇气踏进那书店，里头挤满着伙计，顾客和书店老板，——"说不定还有作家在内。"吕西安私下想。

他对一个伙计说："我要见维大先生或者包熏先生。"

他看见招牌上写着几个大字：

维大－包熏合营书店，专营国内外图书发行及经销业务。

忙碌的伙计回答："他们两位都有事。"

"我等着就是了。"

诗人在铺子里待了两小时，打量整包整捆的图书，看看题目，打开书来东翻几页，西翻几页。最后他肩膀靠着一个用玻璃橱子围起来的小房间，挂着绿色的短窗帘；吕西安疑心维大或者包熏就在小房间内，他听见谈话的声音。

"你要愿意批五百部，就算五法郎一部，每十二部奉送两部。"

"那末每部实价多少呢？"

"照原价减去八十生丁。"

"那就是四法郎二十生丁，"说话的大概是维大或者包熏，对方是来兜销书的。

"对，"兜销的人回答。

"是不是记账呢？"进货的人问。

"好家伙！难道你打算十八个月结账，付我一年的期票不成？"

"不，马上结清，"不知是维大还是包熏回答。

"什么期头？九个月吗？"说话的不是来兜销的出版商便是作者。

"不，朋友，一年，"两个经销人中的一个回答。

双方不出声了。一会儿，陌生人叫道："你太辣手了！"

"怎么，我们一年销得掉五百部《雷奥尼特》吗？"经销人对丢冈日的出版商说。"销路要能按照出版商的心思，我们都是百万富翁了，亲爱的先生！无奈销路操在大众手里。华尔特·司各特的小说只卖九十生丁一卷，三法郎六十生丁一部；你想叫我把你的书卖得更贵吗？要我帮你推广这部小说，得给我好处才行。——维大！"

一个胖子耳朵上夹着一支笔，离开账台走过来。

包熏问："你上回出门，发了多少丢冈日的作品？"

"《加莱的小老头儿》销去两百部，为此不能不把两部回扣小一些的书跌价，现在都变了夜莺。"

吕西安后来才知道，凡是搁在货栈的架子上，冷清清无人过问的作品，书业中称为夜莺。

维大接着说："而且你知道，皮卡正在写小说；他的出版商向我们兜生意，为了要畅销，答应比一般的批价多给两成回佣。"

丢冈日的出版商听着维大告诉包熏的内幕消息，着了慌，可怜巴巴的回答说："那末，一年就一年吧。"

包熏毫不含糊的追问一句："这话算数吗？"

"算数。"

出版商走了。吕西安听见包熏对维大说："客户已经定下三百部；咱们给他远期票子，把《雷奥尼特》五法郎一部卖出去，要人家付我们六个月的期票，那……"

"那就净赚一千五。"维大说。

"嘿！我看出他手头很紧。"

"他糟糕得很！印两千部，给了丢冈日四千法郎。"

吕西安走到小房间门口，打断了维大的话。

他对两个合伙人说："对不起，打搅你们……"

两个老板对他似理非理。

"我写了一部法国的历史小说，近于华尔特·司各特一派，题目叫《查理九世的弓箭手》，我想请你们收买。"

包熏把手里的笔放在桌上，朝吕西安冷冷的瞅了一眼。维大虎着脸瞧着作者，回答说："先生，我们不出版，只经销。我们自己出书的话，做的是知名作家的生意；并且只收买正经书，像历史和什么概论之类。"

"我的书非常正经，目的是把拥护专制政体的天主教徒，和想建立共和政体的新教徒的斗争，写出一个真面目来。"

一个伙计在外面叫："维大先生！"

维大走出去了。

包熏不客气的挥了挥手，说道："我不说你的小说不是杰作，可是我们只销现成的书。你去找买稿子的人吧，比如卢佛附近公鸡街上的道格罗老头，便是出版小说的。你要是早一些开口，刚才就好见到包莱，他跟道格罗和一些木廊书店是同行。"

"先生，我还有一部诗集……"

"包熏先生！"外面有人叫。

"诗集？"包熏气冲冲的嚷道。"你当我什么人，"他朝吕西安冷笑一声，往铺子的后间去了。

吕西安穿过新桥，想着许许多多念头。刚才那些生意上的行话，他听懂了一些，知道在书店老板的眼里，书不过是低价收进，高价售出的商品，同头巾店老板看待头巾一样。

他想："我找错了门路"；可是发觉文学有这样一副恶俗的生意面孔，暗暗吃惊。

他在公鸡街上找到一家外表挺老实的铺子，原来是刚才走过的，绿色的店面漆着几个黄字：道格罗书店。他记得在布洛斯阅览室中念过的小说，好几部的封面插图底下有这个名字。吕西安忐忑不安的走进铺子，富于幻想的人遇到斗争总是这样。他看见一个很特别的老头儿，帝政时代出版界中的一个怪物。道格罗穿着古老款式的黑礼服，前面是大方摆，后面是鳌鱼尾。背心的料子很普通，织成颜色不同的方格，口袋外面吊着一根链子，一把铜钥匙，在宽大的黑扎脚裤上晃来晃去。表的厚薄大概同玉葱差不多。底下是深灰的羊毛袜和银搭扣的皮鞋。他光着头，花白的头发乱七八糟，颇有诗意。包熏称为道格罗老头的家伙，从他的礼服，扎脚裤和鞋子来看，像文学教授；看他的背心，表和袜子，又是个做买卖的。他的相貌也有这股奇怪的混合味儿：威严而霸道的神气，凹下去的脸孔，俨然是个修辞学教师；尖利的眼睛，多疑的嘴巴，心绪不宁的表情，明明是个书店老板。

吕西安问道："这位可是道格罗先生？"

"是的，先生……"

吕西安道："我写了一部小说。"

出版商道："你年轻得很啊。"

"先生，我的年纪跟写作无关。"

"对，"老出版商说着，接过稿子。"啊！《查理九世的弓箭手》，题目不坏。好吧，先生，你把内容简单的说一说。"

"先生，这是一部华尔特·司各特式的历史小说。我把新教徒和天主教徒斗争的性质，写成两种政体的斗争，王权在斗争中受到严重的威胁。我是赞成天主教徒的。"

"嗯，嗯，倒是异想天开。好吧，我可以念一念你的作品，我答应你。我更喜欢拉德克利夫太太一路的小说，不过你倘若工作认真，稍微有些风格，意境，思想，安排情节的能力，我很乐意帮忙。我们要求什么？……不是优秀的稿子吗？"

"什么时候听回音？"

"我今晚下乡，后天回来，那时作品可以看完了，我要认为合式的话，后天就好谈判。"

吕西安看他这样和气，转错了念头，掏出《长生菊》来。

"先生，我还有一部诗集……"

"哦！你是诗人，那我不要你的小说了，"老人把稿子还给吕西安。"起码诗人写散文总是不行的。散文不能拿废话充数，一定要说出些东西来。"

"可是华尔特·司各特也写诗啊……"

"不错，"道格罗又变得软和了。他看出这个青年很穷，便留下稿子，说道："你住哪儿？我过一天去看你。"

吕西安写了地址，没想到老人别有用心，也不知道他是老派的出版商，恨不得把饿肚子的服尔德和孟德斯鸠锁在顶楼上。

出版商看了地址，说道："我才从拉丁区回来。"

吕西安告别的时候心上想："这个人真好！对年轻人多热心，而且是个识货的行家。不是吗？我早就告诉大卫：只要有本领，在巴黎是容易出头的。"

吕西安又快活又轻松的回去，做着功成名就的好梦。他忘了在维大和包熏的账桌上听到的可怕的话，只道至少有一千二百法郎到手。一千二百法郎能在巴黎住一年，让他准备新作品。他从这个希望出发，定下不知多少计划！发愤用功的生活引起他不知多少甜蜜的幻想！他把屋子安排了一下，整理了一下，差点儿没置办东西。他在布洛斯阅览室成天看书，耐着性子等回音。过了两天，道格罗对于吕西安在第一部作品中表现的风格感到惊异，赏识他的人物写得夸张，那在故事发生的时代也说得过去；也注意到他的想象力非常奔放，青年作家勾勒近景的时候往往有这种气魄；道格罗居然不拿架子，亲自上旅馆访问他未来的华尔特·司各特。他决意花一千法郎买下《查理九世的弓箭手》的版权，另外订一份合同要吕西安再写几部。一看见旅馆，老狐狸马上改变主意。——"住这种地方的青年欲望不大，一定是个用功的读书人；给他八百法郎就行了。"旅馆的老板娘听道格罗问到吕西安·特·吕庞泼莱，回答说："五楼！"道格罗仰起头来，看见五楼以上就是天空，心上想："这个年轻人长得漂亮，简直是个美男子，钱太多了会心猿意马，不用功的，为了咱们的共同利益，给他六百法郎吧，不过是现金，不是期票。"他爬上楼去，在吕西安的房门上敲了三下，吕西安开了门。屋子里空无所有。桌上摆着一碗牛奶，一小块两个铜子的面包。天才的穷苦使道格罗老头看了心中一动。

他私忖道："这种朴素的习惯，菲薄的饮食，简单的欲望，但愿他保持下去。"随即对吕西安说："看到你我很高兴。先生，你同约翰-雅克有好几点相像，他便是过的这样的生活。天才在这等地方才能爆出火花，写出好作品来。文人的生活正该如此，万万不能在进咖啡馆，上饭店，大吃大喝，糟蹋他们的光阴和才具，浪费我们的金钱。"说着他坐下了。"小朋友，你的小说不坏。我当过修辞学教师，熟悉法国史；你的作品颇有些出色的地方。你是有前途的。"

"啊！先生。"

"是的，你是有前途的。咱们可以合作。我愿意收买你的小说……"

吕西安心花怒放，高兴得胸坎里扑通扑通直跳，他要登上文坛了，终究能出书了。

"我给你四百法郎，"道格罗说话的声音特别甜，望着吕西安的神气仿佛他是大发慈悲。

"四百法郎买这部稿子？"吕西安问。

"对，买这部小说。"道格罗看着吕西安诧异并不奇怪，接着说："可是付你现款。你还得答应六年中间每年写两部。如果第一部在六个月之内销完，以后我给你六百法郎一部。一年两部，每月一百法郎收入，你生活就有了保障，应该快活了。有些作家的小说，我每部只给三百法郎。英国小说的译本，我只出两百。这个价钱在从前是惊人的了。"

吕西安浑身冰冷，说道："先生，我们谈不成了，请你把稿子还我。"

出版商回答说："稿子在这里。先生，你不懂生意经。出版一个作家的第一部小说，要担一千六百法郎印刷费和纸张费的风险。写一部小说比张罗这样一笔款子容易得多。我店里存着一百部稿子，可拿不出十六万法郎。唉！我开了二十年书店，还没赚到这个数目呢。可见出版小说发不了财。维大和包熏经销的条件一天比一天苛刻。你大不了白费时间，我却要掏出两千法郎。habent sua bata libelli（书的命运各各不同），我要是眼光看得不准，就得赔两千法郎；至于你，你只消写一首诗骂一通愚蠢的群众。你把我的话细细想过以后，会再来找我的。"吕西安不胜轻蔑的挥了挥手，道格罗正色重复了一句：

184

"是的，你会再来找我的。你瞧着吧，不但没有一个出版家肯为一个无名的青年人担两千法郎风险，也没有一个书店伙计肯看你乱七八糟的稿子。我倒是看完的，能指出好几处文字的错误。应该说提醒的地方，你写着提到，尽管后面应当用直接被动词，你却加了一个介词。"两句话说得吕西安好不惭愧。道格罗又道："你下次再来看我，可要损失一百法郎，我只给三百了。"他说罢起身告辞，走到房门口又道："你要没有才能，没有前途，我要不关心用功的年轻人，我也不会给你这样好的条件。每月一百法郎！你考虑考虑吧。一部小说丢在抽斗里，当然不比一匹马关在马房里，不用吃饭；可是老实说，也不会给你饭吃！"

吕西安抓起稿子扔在地下，嚷道："我宁可烧掉的，先生！"

"你真是诗人脾气，"老头儿说。

吕西安吞下面包，喝完牛奶，走下楼去。房间太小了，不出去的话，他只能团团打转，像关在植物园铁笼里的狮子。

纽约的书店

【美】圭多·布鲁诺

李江艳 译

圭多·布鲁诺（Guido Bruno，1884—1942），美国作家、出版商，他是纽约艺术家和作家的圣地——格林威治村的著名人物。

本篇选自圭多·布鲁诺于1922年自己出版的《美国书店巡礼》，文中介绍了纽约诸多各具特色的书店和书店老板，作者笔下的一幅幅精彩画面令人感到身临其境，仿佛亲自走进纽约的书店和这些有趣的爱书人愉快交谈一样。

一

纽约的书店

每个城市都有自己的图书街。书店总是聚集在一起，像蘑菇一样成群生长。二手图书业几乎不存在什么竞争，不论一家二手书商的库存有多大、有多齐全，他旁边同行的藏书一定大不相同。二手书店的顾客喜欢四处浏览，他们很少径直来到书店指名要哪本书，他们喜欢在大片的领地上猎书。

图书街的位置随着城市的发展而变化。75年前，阿斯特图书馆开张后，远离市中心的安街就成了纽约的图书中心。后来第四大道成了纽约市中心，那里很快涌现出一排排别致的书店。城市日渐发展，二十三街又成了猎书人的宝地。后来人们获得了巨大的财富，在第五大道上建造了很多摩天大楼，中央公园对公众开放，而五十九街成了纽约的图书街。再后来，城市进一步扩张，哈林区的人口不断增长，一百二十五街成了另一个爱好书籍和艺术的人们的乐园，爱好者的天堂。

大多数书商也与时俱进，他们从一条街搬到另一条街。传承几代人的书商也不少，例如祖父在安街名气很大，儿子搬去了第四大道，孙子则在一百二十五街风生水起。

在过去的四年里，第四大道再度声名鹊起，一些大书商萌生出搬回旧址的想法并付诸行动，然后新人们很快聚集在他们周围。今天美国的大部分二手图书交易都在这条老街上，书店周围破败不堪，到处是厂房和血汗工厂。

不过有些书商永远无法下定决心搬家，他们始终坚守在自己的老店里，这些老店是纽约图书街的地标。

悲观主义者的堡垒

　　五十九街的卡斯特先生是老派书商中的幸存者，他坚守着自己的阵地，抵挡住了时代的潮流。他别具一格的书店在公园大道附近，位于一座老式赤褐色沙石建筑的地下室里，紧挨着一个车马行。他的大书摊上有好几百本书等着你去探索，古雅的绘画和素描引人注目，即便是行色匆匆的人也会忍不住驻足观看。对古老火器、剑和闪亮盔甲的各种描述使现在的读者身临其境。书店橱窗后面有一张苍白的面孔和一双锐利的黑眼睛，但是你必须非常仔细地看才能发现。走进书店，你就会看到这张面孔和眼睛的主人，他就是书店的老板卡斯特先生，坐在那里望着外面，看着书摊，仔细打量那些停下来看书的客人。他和你说话的时候会保持姿势不动，他的眼睛一刻也不会离开他的那些珍宝，即便是等候顾客或者在书堆里找书的时候也不例外。

　　看到我似乎对他一直盯着外面的书摊感到有点惊讶，卡斯特先生不由得为自己辩解道："我必须看着我的财产，不过我在听您说话。如果我们交谈的时候我没看着您，请不要介意。您知道，所有在外面停下来看我的书的人都是小偷。只要有机会他们就会偷我的书，而不是买，他们从小就偷书，一直偷到死。我在这里已经40年了，我发誓，我说的是真的。虽然我一直很警惕，但是我书摊上百分之二十的书还是被人偷走了。所有的藏书人都是小偷，根本不会花钱买书，他们认为书店和其他商店都不一样，也认为偷书不算是偷。这些人经常顺手牵羊地把自己喜欢的书塞进口袋，然后若无其事地走出去，而他们的良心不会有丝毫不安。我早就不看书了，我看人性来当作消遣。

"我的书没有一天不被偷。就说上周吧，我的书架上有一套狄更斯的书，那是一套廉价版本，放在少年读物的书架上。我看到一个满脸雀斑、长着红头发、光着脚的小男孩在翻看狄更斯的书。他看了半个多小时才走，过了一会儿他又回来看，这次他的腋下夹了几本书，他把自己的书放在桌子上，然后巧妙地把我的一本狄更斯和他自己的书混在一起拿走了。我知道那孩子太想读那本书了，于是就没说什么，让他拿走了。我知道他每天都会路过我的书店，我打算找个时间和他聊聊。

"第二天他又来了，翻看我其他几本狄更斯的书，几分钟后他故伎重演，又顺走了一本。他每天来一次，偷走了那套书7本中的6本。最后我追上他，声色俱厉地叫他跟我回来，然后我把第7本书递给他说：'孩子，星期天我不开门，而且说不定有人会买走这本书，那样的话，你那一套书就凑不齐了。你最好把这最后一本也带走，让它们团聚吧。你精神可嘉，就这么干，日复一日，总有一天你会成为百万富翁，说不定到那时你会为图书馆捐款的。'

"还有我昨天抓到的那个爱尔兰老妇人，她总是带着一个蒙着报纸的篮子，非常仔细地翻看我的书，隔一会儿就往篮子里放一本书，一直把篮子装满。我只得把她叫过来，让她把书都拿出来，然后把空篮子还给她。我什么都没说，她也什么都没说，拿着篮子出去了。

"还有些看起来很有钱的人，他们撕下书里的插画揣进兜里，然后一本书也不买就走了。

"不过我倒不觉得他们都是坏心肠的人，他们只是没有把书当成商品，有免费的机会时，他们就不拿白不拿。女人是最糟糕的，尤其是那些从事写作并试图改良世风的现代女性，她们毫无廉耻，只要有一点侥幸的机会，她们可是什么都做得出来。"

我插嘴道："但是，您这样日复一日地坐在店里当看守岂不是很郁闷？"

"我习惯了。您知道，这是唯一让人们付钱买书的办法。唉，其实情况也不是一直这样，以前的人们真的爱书，会买书去看，而且那时候他们也有时间看书。您再看看现在，成功人士都有一辆车，他们下班后要去兜风，还要去夜总会和酒馆消磨很多时间。只有在买了房子或者装修公寓的时候，他们才会买书，不过不是要读，而是当作装饰而已。然后，他们通常让装潢师根据他书房的配色来选择最有吸引力、最昂贵的图书装帧。

"说老实话，纽约人根本不了解书，也不想了解书。男人们读报纸，女人们读杂志，年轻人读垃圾小说。当然，现在也有图书收藏家，他们和我一样深谙书籍的商业价值，但是他们买书和买画一样，只是投资而已。他们买书再拍卖，其实就是赌博，很难把这些人叫作爱书人。30年前，我的书店里总是预备着一些舒服的椅子，到了晚上，一些大商人、律师和医生会纷纷来到这里，坐着阅读我放在他们面前的一些书，我知道他们多少会对我介绍的某个主题有些兴趣。今天，多数对书真正感兴趣的人都很穷，穷到几乎连房租都付不起。"

然后卡斯特先生又向我展示了一些他珍藏的图书，对我说："您觉得在我们这个时代，谁还会买这种书？只有经销商，然后他们再转手卖给其他经销商。最后这些书都进了拍卖行，然后又被别的经销商买下。"

卡斯特先生曾遍游欧洲，钟爱美丽的画作。我看到柯罗、米勒和奥博利·比亚兹莱的几幅真迹随意地摆在一堆书的旁边，挂在布满蜘蛛网的角落。

"您就不怕有人把这些画偷走吗？"我问道，感觉他对这些珍品有点大意。

卡斯特先生轻蔑地回答道："他们对画的了解远远不够。几个月前，我在橱窗里挂了一幅柯罗的画，那幅画特别棒。一个出了名的吝啬鬼走了进来，问我那幅画是不是真迹。我实事求是地说，我认为那幅画就是真迹，但是别无其他证据，我愿意以125美元的价格出售。您知道吗，那幅画是我自己花了3000美元买来的。他看了很长时间，告诉我他会再来。第二天，他带着妻子和姐夫来了，他们仔细查看一番之后又走了。过了一个星期，我把那幅画送去了一个拍卖会，尽管现在是战争时期，时局很糟糕，但那幅画仍然被估值8800美元。就在我收到那幅画的支票的当天，那个吝啬鬼又来了，说要付100美元买那幅画。我把支票给他看了，直到今天，一想到他当时那种失望和沮丧的神情我就高兴，因为我从来没告诉过他，即便他当时付125美元，我也不会把画卖给他。

"我自己当然也有烦恼，但观察这些和我同时代的人，看清他们的缺点，我也能获得许多乐趣。"

卡斯特先生身材矮小，总是面带和蔼的微笑，我曾看到他和几个围在书摊周围的衣衫褴褛的小乞丐聊天，有个小女孩向他打听一些事情，他也非常和善地作答，他那双锐利的黑眼睛看起来并不像他自己所说的那样讨厌女性，他确实有许多悲观主义的抱怨，但完全是无害的。

惠特曼的狂热爱好者

小个子书商麦克斯·布雷斯诺像是一个侏儒，比大号洋娃娃高不了多少，他的一双小手几乎不能一次拿起两本书，他看起来活泼又年轻，光是看到他那始终洋溢在脸上的微笑，就足以让每个人都喜欢他了。麦克斯从小就卖书，卖他的课本。还是个孩子的时候，他就四处淘书，再把书卖给经销商。他起初在第八大道一家偏僻的书店当学徒，后来自己在地下室开了一家书店，那家书店在他的经营下极具魅力。

和周围诸多同行相比，他可以说是二手图书市场的翘楚。他所在的书商公会成员都搬走了，只有他一个人还留在二十三街，舒尔特先生和斯塔默先生都搬去了第四大道，从那之后许多不那么重要的书商在后来的几年里也陆陆续续搬到了各个地方。麦克斯喜欢二十三街，打算坚守此处，直到这条街的最后一间房子被改造成工厂。走进他的书店，你会觉得像是从街上直接掉进去的，楼梯非常陡，踏板磨损得很厉害。他简直是天生的二手书商，总能找到关于冷僻题材的冷僻书籍。他的书店里总有一些不同寻常的东西，书也很便宜，穷人都买得起。他喜欢他的书，也喜欢把它们卖给真正的爱书人，所以他总是会根据购买者的财力来定价。他最钟爱沃尔特·惠特曼，收集了惠特曼在美国出版的所有著名作品，甚至比惠特曼忠实的朋友霍勒斯·特劳贝尔收藏的还要多。麦克斯收藏了惠特曼的亲笔手稿和他所有书的校样，以及用任何语言写的关于惠特曼的一切文字。他还有400多张惠特曼的相片，这些珍贵的收藏你用再多的钱也买不到。

乐观主义者

弗兰克·本德被认为是第四大道上最主要的二手书商之一，他完全是白手起家，他的职业生涯在书商中独一无二。仅仅在五年前，他开了自己的书店，当时他没有书，没有钱，甚至没有学识，然而他在很短的时间里就获得了这三大必需要素。他这样讲述了自己的故事：

"我之前走街串巷，把书推销给建筑师，当时我卖建筑方面的年刊和杂志。后来，我的业务增加了，我把关于装修装饰的书卖给装潢师。有一天，我突然想到，我可以积攒租金，开一家书店，我可以靠推销图书支撑书店的开支。于是我签了一份租约，租了一栋一层小楼，就在第四大道和十三街的交界处，就是现在的邮局所在的位置。我努力推销，卖出了足够多的建筑书籍用来支付第一个月的租金，还买了一些木料来装修我的书店。

"毫不夸张地说，我独自一人操办了一切，我自己铺地板、搭书架、做桌子。然而我的书架空空如也，因为我没钱买书。有一天，一位友好的印刷商路过我这里，他一定是觉得我这么干很有趣，而且对我心生怜悯，他说：'你为什么不在墙上挂些图画来弥补空白呢？至少会好看一些。这样吧，我有一些图画，可以40美元卖给你，然后我给你6个月的时间结账。'

"我接受了，那些印刷图画在短得惊人的时间里帮我赚了500美元。要知道，如果你开了一家书店，那么每天都会发生不同寻常的事，也正是图书行业的这种不确定性吸引了我。当然每一个想要过上体面生活的书商都得有自己的专长，我的专长就是建筑书籍。我有很多建筑师和室内设计师客户，我对这些书了如指掌，这是我生意的支柱。对书商而言，机遇和运气特别重要，我可以分享几个例子。

"我开业后没过几个月就有一场大型拍卖会，我非常沮丧，一筹莫展，我需要买书，手头却没有钱。有一天，我的一位老顾客来到书店要找一本卡琳娜的《古罗马》。我跟他说这本书非常少见，而且没什么价值。

"他说：'这样吧，只要你给我找来一本，我立刻就付你250美元。就在当天下午，我在一个拍卖目录上看到了卡琳娜的《古罗马》，第二天拍卖。我去了拍卖会，全身颤抖着等着第一个出价的人。似乎没人对它感兴趣，有人出价5美元，我最后以6美元75美分的价格得到了那本书。我把它仔细包好，转身就去找我的那位老顾客，并顺利地拿到了250美元。那是我真正赚到的第一笔钱，也让我有机会买到更好的书。

"就在昨天，我正忙着写东西，一个自称是卖破布的人提出卖给我一套用亚麻装帧的历史百科全书，每卷要7.5美分，我甚至都不想搭理他，所以我当即拒绝说：'我自己就有几千本这样的书。'那人坚持说：'您就开个价吧。'然后他出去了，奇怪的是，半小时后他又回来了，而且带着一车书，他说：'书都在这儿。'我买下了他的书。事实证明这些书很畅销，我又赚了一大笔钱。到我店里来的人是我唯一的信息来源，他们都会告诉我他们感兴趣的书，我喜欢和他们交谈，尽管有的人看起来很古怪。但是我从不怀疑他们，我欢迎他们把我的书店当成他们自己的家。我相信每一个走进我书店里的人都像我一样诚实正直。只有一次，我有一本珍贵的书神秘地不见了，从那之后，我开始起了疑心。后来有一天，我正忙着和几个顾客说话，来了一个外表看起来很讨厌的人。他在我书店的后面翻看一些时尚方面的书，我对他非常紧张，于是我走了过去，没好气地问道：'您在找什么？'正如我想的那样，他的回答颇为心虚，他说了一本时装图册的名字，我刚好有这本书，于是拿给他看。他查看了一番，问了价格。那本书是我花了5美元买来的，于是我开价7美元50美分。他说他不会付这么多钱来买这本书。我想：'倘若他真的想买这本书，而不是来这里偷书的话，那么他一定会愿意花3美元50美分来买。'不过我坚信他口袋里的钱不会超过10美分。于是我告诉他我愿意3美元50美分卖给他这本书。他欣然回答道：'如果是这个价格的话，那我买了。'随即掏钱买了这本书。虽然这笔生意我赔了1美元50美分，但我非常快乐，因为我又重新找回了对人性的信念。"

赌徒

在列克星敦大道附近的三十四街，杰罗姆·杜克开了一家非常特别的书店。确切来说，这并不是一家书店，因为里面到处都摆着古董和古玩。书店里也有书，但是都乱七八糟地混杂在一起，包括拉丁文作品、现代小说、神学书籍、古老的法国大部头以及德国的哲学著作。我向老板问起他的书，他的回答是：

"我对我的书一无所知，您知道，我从来不读书，也不想因此而烦恼。我只是以一定的价格购入，然后加价卖出盈利。事实上，只要足够便宜，我什么都买，不管是什么东西。我开书店就是为了赌博，我赌人们拿过来的任何东西。

"最近我只拒绝过一件东西，因为那个人的要价太高了，他说他刚从欧洲回来，当过兵，他想卖给我一根德国将军的经过防腐处理的手指。我忘了那个将军的名字，不过他说他保证是真的，他可以当着公证人的面签字，他发誓将军的手指断掉的时候他就在当场。如果他要价50美分或1美元，我倒是愿意碰碰运气，在战争时期，这应该是一个很不错的橱窗陈列品。但是他要5美元，我看不清我的胜算。在一个德国将军经过防腐处理的手指上押注5美元我觉得赌注太大了，所以我买了一只拖鞋。这只拖鞋是朱梅尔夫人的，据说她和亚伦·伯尔离婚的那天穿的正是这双鞋。我付了1美元，我觉得这是一场不错的赌博。"

"为什么？"我疑惑地问道。

"嗯，因为亚伦·伯尔是美国第二任副总统。"

说到这里，我们的谈话到此结束了，我祝他买的东西能卖出个好价钱。

二

有一个很奇怪的现象，纽约多数具有个人魅力的书店都是最近刚开的新书店，老板都是年轻人，非常年轻。他们大都是在不同行业摸爬滚打过的现代商人。他们热爱书籍，意识到了开一家"有灵魂的书店"的可能性，于是听从内心的声音开了自己的书店，并获得了成功。

牛津书店

阿尔弗雷德·戈德史密斯的书店是纽约最年轻的书店。书店位于列克星敦大道，靠近二十五街，那是一间老式地下室，里面有柱子和幽静的角落，挨着几家纽约最古老的拍卖行，确实是适合开书店的好地方。

书店里到处都有舒适的椅子，几面墙的书架上堆满了几千本精选书籍，包括一些备受推崇的初版图书，还有其他所有书都擦拭得干干净净，摆放得整整齐齐，大多是现代作家，他们的名字你可能从未听说过，不过一旦你认识了他们，就会和他们成为知己。

戈德史密斯先生是个年轻的小伙子，是一位杰出的哲学家，也是出色的演说家。他大学毕业之后从商，在印刷界很成功。他既是非常好的读者，也是非常好的书商。他今年有两个愿望，一个是开一家书店，另一个是结婚。很幸运，两件事他都做到了，而且都很圆满。

爱书的人天生就有第六感，无须知会他们。终有一天，他们会来到这里，倘若氛围适宜，他们就会经常光顾。

戈德史密斯先生说："我爱书。对我来说，卖书就是一种游戏，我卖的书很难找到，但很好卖出。我最大的快乐就是去搜寻和挑选我要的书。一旦我把这些书放到书架上，它们很快就会被售出。观察来这里买书的人非常有趣，我知道，您了解图书收藏家的所有嗜好。不过开了书店之后，我发现经常光顾书店的客人中出现了一些新的人群，我可以和您分享我的发现。

"有一位平普尔先生，三十岁左右，是个粗壮的大块头，看起来像个屠夫，却喜欢装成受过高等教育的爱书人，他专爱玩骗取签名的把戏。他在给现代作家的信中这样写道：'在我书房里最喜爱的书架上，最珍贵的壁龛里有一卷我最珍爱的书。那正是您的大作。如果您肯赏光在上面为我签名，您一定会得到一个老书虫永远的感激。'作家收到了信，想象着这位忠诚的老拥趸翘首以盼的样子，于是签了名，自己出钱寄给这位平普尔先生。然后平普尔就在书商中兜售这本珍贵的作家签名的书，最后卖给出价最高的人。更糟糕的是，他把那封作家亲笔写的答应为他签名的回信也作价卖了出去。格特鲁德·阿瑟顿、理查德·加里恩、凯蒂·道格拉斯·威金斯还有许多其他作家都曾为他亲笔签了全套的书，有的还一次签了四五十本，平普尔甚至有时候会先找好买家做预订。

"令人啼笑皆非的是，平普尔对自己写信奉承赞美的那些作家所知甚少。有一天他问我：'如果得到亲笔签名，厄普顿·辛克莱第八本书的初版能大赚一笔吗？'得到我的肯定回答后，平普尔查到了辛克莱的地址，故伎重演给他写了信，然后收到了辛克莱令人欣喜的回复。但是他发现书很重，用包裹把书寄到加州的帕萨迪纳要40美分。他说：'这也太贵了吧！'于是他撕下书的扉页寄了过去，辛克莱在扉页上签了名。平普尔小心翼翼地把签名的扉页粘回书里，当天就把整套书卖了。

"他对安布罗斯·比尔斯的出版商的欺骗是最绝妙的。比尔斯去世以后，许多收藏家竞相求购他的第一版图书和带有亲笔签名的图书。比尔斯的出版商有许多比尔斯的亲笔书信，并向每位购买比尔斯全套作品的顾客赠送了一封信。平普尔没有去购买全套作品，而是去拜访了出版商，谈了一个多小时对比尔斯的崇拜之情，其中提到一两次因为客观原因没能买到比尔斯的全套作品，最后宣称他此生最大的心愿就是得到一封'世界上最伟大作家和艺术家'亲笔所写的信。他真诚的热情、执着的坚持和苦苦的哀求终于打动了出版商，送给了他一封比尔斯的短信。

"告别的时候，平普尔说：'我和我的珍宝将永不分离，我会永远把它放在我的皮夹里，紧贴着我的胸口。'之后他径直来到我的书店，向我讲述了整个经过，我们正聊着比尔斯的时候，来了一位顾客，也加入了谈话。他说：'我很想得到一封比尔斯的亲笔信，我情愿付7.5美元求购他的短笺。'

"接下来的事情令我简直不敢相信自己的眼睛。平普尔从胸前拿出了他的皮夹，把比尔斯那封珍贵的信件7.5美元卖给了那位顾客。

"纽约所有的珍本书商都认识平普尔这个人，而且他这种人还不止一个。大家之所以能忍受他，因为他确实能拿到那种很难买到的作家亲笔签名的书。

"我还喜欢观察那些习惯性的偷书贼。有一次，我找机会和书商黑名单上的一位先生表示了友好。他自称范·索撒尔，他在感激中表达了忏悔之意，他说：'戈德史密斯先生，我喜欢您，您不必害怕我，您知道，我从没偷过您书店里的任何东西，您和其他书商不一样，我干吗不占他们的便宜呢，能往我的口袋里塞点东西是我的运气，也是他们的疏忽。不过我向您保证，您始终是安全的，我知道您是一位有雄心的年轻人，您真心爱书，我绝不会做伤害您的事。'"

戈德史密斯先生读过许多书，也读了许多人性。他给顾客推荐书时很少失误。他喜欢写书的人，喜欢他们的个性。如果性情相投，对于作家来说，再没有比戈德史密斯先生更好的知心朋友了。如果想知道他不喜欢哪些作家，那就看看他书店前面10美分的书架吧，因为戈德史密斯先生不喜欢这些书，所以花10美分就能买到物超所值的书了。

华盛顿广场书店

前不久，一群人在格林威治村开了一家茶馆，而在此之前，同样也是这群人，在华盛顿广场附近开了一家书店。他们甚至还有更大的野心，想要印刷自己的书。博尼兄弟在这家书店创办了他们的杂志《土地》，出版了许多作者写的相当不错的小册子。克瑞姆伯格也在这里印了自己的小册子。还有其他五六个人，因为他们的名声昙花一现而难以一一记述。最终埃格蒙特·阿伦斯从蕾妮·拉科斯特手上收购了这家位于华盛顿广场的书店。

阿伦斯是一位天生的出版商、文学家、图书鉴赏家，同时具有非常精明的商业头脑，因此他也成为格林威治村最成功的商人。他的书店里挤满了来自全区的知识分子，他欢迎书商，更欢迎有才之士。他出版的系列戏剧作品至今已出版了7部，这些都是在戏剧界崭露头角的青年才俊的第一批作品，这些人一度为纽约小剧场运动注入了新鲜的活力。富有商业头脑的阿伦斯最近还购买了一家印刷厂，印刷自己的书。他出版的惠特曼的书是市场上最好的版本，而他接下来的行动则充分展示了他身上的那股闯劲。

在强烈反对有伤风化的文艺作品的社会氛围下，在各种道貌岸然的假正经理论充斥的时代，出版阿图尔·施尼茨勒的全译本《轮舞》无疑需要很大的勇气。这个剧本中的十段对话在整个文明世界掀起了狂风暴雨，尽管它们被翻译成包括日语在内的各种文字，却没有英文译本。没有哪个英国或美国的出版商愿意冒险把这些真实生活栩栩如生的剪影呈现给读者。

几个月前，一位年轻的作家曾在受邀的观众面前私下朗读了《轮舞》这个剧本，这位作家因为在和文化审查官的纠纷中多次获胜而闻名，当时阿伦斯也在场，他当即决定出版阿图尔·施尼茨勒的这本书。

阿伦斯有一句座右铭："出版商应该同时也是书商，应该把大部分时间花在书店里，这是把握读者脉搏的唯一途径。"

对现在的美国出版商而言，这真是一句不错的格言。

德国书商

魏厄先生的书店在列克星敦大道深处，他在艺术类图书、罕见的版画和蚀刻画、帛书等方面具有很高的鉴赏力。

魏厄先生说："我是个德国人，这是我无法改变的事实。在战争时期，我不得不妥善处理这一点。我一直都是书商，年轻时曾在德国给一位书商当学徒，我是在那种古老的德国方式里学会这门生意的。那时候可不轻松，整整三年，我每天从早上6点工作到晚上10点。我喜欢旅行，在德国和意大利的书店里都工作过，最后我在伦敦定居，并在那里开了书店。不幸的是，可怕的战争爆发了，德国和英国成了死敌。作为一个德国人，我只好关了书店，然后我想我最好的选择就是到这里来。英国政府极有礼貌地准许我离开了，我永远不会忘记带我登上轮船的那位警察充满善意的告别：'希望你很快就回来，不要留在美国太久。'"

魏厄先生专门接待有钱的收藏家，他的顾客都是那些出得起250美元买帛书的人、愿意花350美元买约书亚·雷诺兹爵士历史作品的人，总之就是那些希望得到稀罕东西，一掷千金在所不惜的人。魏厄先生也是艺术家和作家的朋友，他们都喜欢去他的书店，他会把书慷慨地借给哪怕只有一面之缘的朋友，因为他相信人是诚实的，对喜欢书的人更是有着无限的信任。

"人们都相信我，那我为什么不相信他们呢？"魏厄先生直率若此。四年前，他以难民的身份来到美国，手头没什么资金，现在却拥有大量最珍贵的书籍，拥有客户对他的信任，要是他和朋友们开口，无论什么事情都不是问题。

格哈特先生的书屋

四十二街图书馆的对面有一座中型的摩天大楼，克里斯蒂安·格哈特先生的书店就在那里。格哈特专门研究冷僻作家创作的冷僻作品。他每月都会出版他的图书目录。这些目录可以说是文学珍品的索引，包括著名作家写的小册子，甚至是他们的第一部文学作品，狂热者写的书，还有那些不为世人所知的诗人写的诗。在他的书店里，长长的书架上摆满了一排排你闻所未闻的个人主义杂志。不过每次我想到格哈特先生的时候，都会想起东区也就是纽约贫民区那位郁郁不得志的奇女子佐伊·安德森，她自称"波西米亚女王"，创办了"崩溃边缘俱乐部"，多年来一直主持着这个俱乐部独特的聚会。为了让人们能看到她的杂志，她数年来一直苦苦辗转于各家印刷商、纸商和新闻公司之间。佐伊·安德森创办的《东区》是一本无所畏惧的自由投稿杂志，这本杂志抨击所有人，抨击所有事，抨击一切。安德森和东区那些无家可归的流浪者以及血汗工厂的工人生活在一起，她比任何当代作家都更了解他们，在她最新也是最后一期杂志上讲述了关于这群被社会排斥的人的故事之后，这位可怜的奇女子结束了自己的生命，不过她自杀的时候像以往一样愉快。佐伊·安德森曾是一位著名的女记者，在纽约许多大报社工作过，其中包括《纽约时报》。

克里斯蒂安·格哈特是佐伊·安德森的副手，也是"崩溃边缘俱乐部"的策划人之一，主持过安德森生前经常举行的欢宴聚会，也主持了安德森的葬礼，并实现了她的遗愿——请那支在她生前为她演奏欢快舞曲的乐队在葬礼上演奏同一支舞曲。安德森留下了这样的遗言："东区已经够悲哀了，我一直尽力让他们开心。朋友们，请你们在埋葬我的时候，踏着欢快舞曲的调子吧。"她指定格哈特为遗嘱执行人，她的几本书连同一些装订好的杂志一直摆在格哈特书店里最显眼的位置。

三

四十二街失去了它在第七大道的风采，这条街曾经是纽约著名的时尚住宅区，如今已经日渐衰败。从第五大道到第七大道，到处是炫目的广告灯牌。黄昏之后，上流人士便在这里开始了高品质的夜生活。这里有18家影院，歌舞厅林立，百老汇周围就是这个大都市的娱乐中心。第五大道的一个街区则是书店中心。走过第七大道，你就会看到廉价的合租公寓、简陋的出租屋和血汗工厂。富有和贫穷只有一墙之隔。贫民区边缘的人们过着清教徒般的艰苦生活。小吃店、汽车修理厂、管道维修店、犹太人和意大利人开的脏兮兮的食品杂货店以及贷款经纪人的办公间；到处都挂着"房屋出租"的招牌；工人们坐在房子的门廊下读着晚报，衣着俗艳的妇人从他们身后黑漆漆的房门里走出；穿得破破烂烂的孩子们到处乱跑，没人照管他们。

在这幅典型的美国社会众生相中，劳森的书店夹在一家修理店和餐馆之间。虽然他是在卖书，不过我更愿意把他的书店称为"知识交流"的商业场所。

我第一次到劳森先生的这间书店时，不禁问道："您怎么会到这里来卖书呢？"十几年前我在芝加哥的时候就认识他，他是个老派的读书人。他非常懂书，而且博览群书，在他所在的公会中颇有名气。美国历史是他的专长，他已经找到了许多十分稀罕的文献。

"说实话，您在纽约选的这个地方未免太奇怪了。"

"是吗？我的朋友，要是您在这里待几小时，就会发现纽约的这种街区还真需要我的这种书店。"他一边不假思索地回答一边继续数着手上黄色和绿色的票据，将它们按颜色归类。

"您手上的这些票据是什么？"

"优惠券。这里的人们不管买什么都坚持要有优惠券，所谓的利润分享优惠券。他们购买雪茄、肥皂、黄油和大部分食物时都会拿到优惠券，每一张优惠券等同于一定的现金。您来看这本目录。"

说着他递给我一本有很多图片的大书介绍道："您看，如果能攒到足够的优惠券，他们就可以换到一些东西。问题是他们从来都攒不够，我的大多数顾客都是穷人，勉强糊口，常常会因为十几美分无比焦急。于是我就把他们的优惠券买过来。而有时候，他们又会来我这里买优惠券，好凑数去换他们需要的日用品，不过他们换的最多的是那些便宜的小玩意。您不知道，他们太喜欢那些廉价的小摆设和假珠宝了，还有最受欢迎的雕花玻璃——当然是仿品。我的多数生意基本上都是晚上6点之后成交的。您看到那边摆着的那些音乐盒了吗？前段时间一家自动钢琴公司在这附近开了一个门市部，后来关门了，处理了好几百个这种东西。每当人们需要钱的时候，就会拿一些音乐盒来让我出几美分买下，而这点钱正是他们要急用的。他们常常在周四或者周五的时候卖给我音乐盒，等周六收到工资支票时就又来找我买回去。这是他们日常生活的一部分。"

正在这时，一个老太太拿着一大堆杂志走了进来，劳森花了不到10美分就把这些书全都买了下来。

劳森告诉我说："这位老太太有一幢公寓，她的租客很多都是没名气的喜剧演员，这些人通常住不了几天就走了，走的时候会留下一些杂志。然后她就把这些杂志拿到我这里来卖了，如果她的租客晚上觉得无聊，想读点什么书，她也会打发他们到我这来买。"

这时候他指着一位正在书店里仔细查看一大堆杂志的老人说道："您知道他是谁吗？他是街那头报刊亭的老板，卖报纸杂志，但是他每天都要往我这里跑好几趟，买走不少杂志。您知道为什么吗？美国新闻公司对某些特定杂志给了他一个月或者两个月的可返还特权。他很好地利用了这项授权，总是以5美分甚至更低的价格买来最近一两个月内的特定杂志，然后再以全价返还给美国新闻公司。比如他用5美分买来了一本售价20美分的杂志然后再寄回美国新闻公司，只要杂志完好无损，对方就会付全价，这样他就轻轻松松地赚到了15美分。我发现，在这个地方，没有卖不出去的东西，另一方面又会经常为人们想卖给我的东西而感到惊讶。"

这时候书店里挤满了人，男孩想要侦探小说，女士想要梦幻般的爱情小说，外国人要找词典，还有人在书店后面的旧留声机上试唱片。最令人惊讶的是，一个风韵犹存的女人想卖掉自己的几百张照片，照片上的她穿着异国情调的舞台服，确实有几分姿色。

我看到蹩脚的小说旁边有一些真正的好书，角落里还有一些华丽的油画，劳森见我盯着油画，便解释道："油画是我书店生意的另一面。您知道，纽约的拍卖会吸引着全国各地的交易所，而我可以一整天去参加拍卖会，拜访收藏家。其实我已经拿到了不少珍品。您看我这里就像是个旧货摊，是吗？不过我敢说在纽约很少有人能像我这样，在这堆破烂里放着这么贵重的书籍、亲笔签名、版画、绘画和蚀刻画。"

书店里的人越来越多，不断有人进来，每个人都在买东西、卖东西或者交换东西，大家都在喋喋不休地交谈，至少可以听到五六种语言，一片嘈杂声中时不时夹杂着收银机悦耳的声音。

我笑着问劳森："您这项新奇的生意一定能赚不少钱吧？"

他愉快地回答道："那当然！虽然每个人付的钱确实很少，不过您自己也看到了，光顾这里的人太多了，而且别忘了他们每个人都是我的稳定客户，他们几乎每隔一天就会来一次。不论是买东西还是卖东西，我永远是获益人。而且我敢说这些人将来也会想念我的，我为他们提供了消遣和快乐，甚至还有教育。您说他们有需要的时候难道会不来找我吗？"

凯斯门特的图书商城

书店就像蘑菇一样，永远不会孤零零地独自生长。劳森先生的书店向南不到几十米就是另一家书店。那是凯斯门特先生的书店，和劳森不一样，他只卖图书和杂志。有人曾告诉我说凯斯门特是罗杰·凯斯门特爵士的远房表亲，不过凯斯门特本人却否认了这一说法，他表示自己和这位值得尊敬的爵士、伟大的爱尔兰爱国者没有任何关系。不过他否认不了他的爱尔兰血统。他的图书和杂志主要卖给街坊邻里，侦探小说卖给男孩，米德的作品卖给女孩。几乎整个纽约的书商都到凯斯门特这里找过他们想要的东西。

他书店里的所有书都是按字母顺序排列的，有无数本，我看到不少珍本，但并不感到奇怪，因为他的书实在是太多了。凯斯门特是纽约书商中的隐士，他沉默寡言，总是面带微笑，对谁都和蔼可亲、彬彬有礼。我很喜欢在黄昏时分，当他喝着咖啡，就着黑麦面包吃鲱鱼的时候，顺道来看看他真正满足于自己的生活和命运的样子。在纽约的所有书商中，他应该是唯一真正快乐的人，他满足于他的书，无喜无悲。

麦迪逊书店

麦迪逊书店是纽约富人区唯一一家晚上还营业的书店。这里的顾客看起来和四十二街上的人截然不同。不过我猜他们在某种程度上也和劳森先生书店里的人一样孤独无助。这里的顾客有来自第五大道上那些大旅馆的陌生人、在工作室打工的女孩，还有许多附近诊所里的医生。亚历山大·萨洛普先生是这家书店的主人，他是一位很有学问的年轻人，也许是因为戴了眼镜的缘故，看起来就斯文好学。他也是个精明的商人，不过书对他而言并不只是商品，他爱书。他读过不少用各种语言写成的文学著作，在文学方面有自己的喜好和厌恶。他收藏了许多现代德国作家和法国作家的作品。在他书店的后面，有一间专供爱书人使用的小房间。里面有舒适的椅子、台灯和书桌，非常有家的感觉，总是吸引着顾客流连忘返。彼得·斯坦默先生自称是"纽约最早的猎书人"，据说他知道世界上的任何一本书，任何时间和任何地点出版过的书他都知道。他经常在傍晚来这里挑书，其实主要是来聊天，来交流读书经验。

斯坦默真应该为现代文学贡献一份回忆录。就在前几天，他还提到了一些趣闻逸事。他告诉我说："您知道吗，亨利·詹姆斯有一个妹妹，她肯定是一位非常有才华的女文学家。大约40年前，我在英国的一个小镇上当排字工人，我记得我做过的最奇特的一项工作是为詹姆斯小姐写的一本书排版。那是一本十分特别的自传，很厚，有好几百页，内容十分私密，无所不言。那本书只印了三本，然后她把印版拿去毁掉了，甚至要求校样页也必须全部交给她。我一直都很好奇那本书到底怎么回事，真希望我当时把那本书复制一份就好了。我在波士顿为本杰明·塔克工作时曾装帧了奥斯卡·王尔德第一版的《雷丁监狱之歌》。您可能会认为一本印了几百万册的书永远不会稀缺，当然这也是很自然的想法，而且一开始我也是这么想的。直到我在一本书上偶然读到布莱特·哈特的一首诗，诗名叫作《精益求精》。然而，我找遍了他的诗集也没有找到这首诗，布莱特·哈特的收藏家们似乎也都不知道这首诗的存在。于是我开始仔细调查，最后发现这首诗是哈特为一个知名品牌的肥皂写的广告，这个广告印了好几百万份，在美国各地宣传。最奇怪的是，除了肥皂广告以外，我看的那本书是唯一有《精益求精》这首诗的书。"

斯坦默非常了解书，也非常了解人，他见过那么多作家，要是他从生意中抽身一年时间写写回忆录，那一定很精彩。

四

书商和裁缝其实非常相似，都是既可以提供我们日常生活中的必需品，也可以提供一些无用的奢侈品。倘若你腰缠万贯，你可以走进第五大道上的一家高级制衣店对裁缝说："我希望可以看起来修长苗条一些，我喜欢这样的颜色，我想要那样的长裙。"你会要求定做晚礼服、街头便装、下午礼服等各种服装。同样，倘若你腰缠万贯，想买书的时候你可以走进独家书店，对店员说："我想要小说和传记，我想要一些文风严肃的作品，我不想要太随意的文笔。"裁缝会仔细为你量体裁衣，而图书销售会跑前跑后去拿出你想要的书。等下次你再去的时候，他们都会记得你，不需要你再重复自己的需求。

如果你的生活水平只是小康，只能定期拿到固定的薪水和收入，那你买衣服就应该去百货公司，买书就应该去中等的书店。百货公司自然不会太关注你的意愿和品位，只会用神圣的时尚来促成销售，没有人会在乎你是否讨厌荷叶边和流苏，只会告诉你，这些是应季流行的时装，所以你必须穿，否则你就落伍过时了，人们就会用蔑视的态度看待你。中等书店的店员会告诉你罗伯特·钱伯斯的上一部小说是最畅销的，如果你跟他说钱伯斯的作品不合你的品位，那他只会可怜你，然后告诉你每个人都在读这本书，他的服务也就到此为止了。

　　如果你住在纽约，你的经济条件捉襟见肘，或者你只能拿出很少的钱买书和衣服，但是你又看不上百货公司里那些便宜货的低下品位，让你穿上那些便宜货还不如让你去死，那么准备好开始你的奇遇记吧。因为总有一天你会遇到一位最了不起的裁缝，他为你一个人服务一整天只需要你付两美元，他会忠实地追随你的想法，为你制作出你梦想中的衣服，让穿衣服成为你最大的乐趣。

　　这个城市有许许多多奇怪的事情，例如廉价公寓窗台上竟然会摆着一盆天竺葵，而最奇怪的事情莫过于你偶尔会在纽约遇到一家真正的书店。对于我们平淡无奇的生活而言，这难道不是一个伟大的发现吗？真正的书店里的书就像尘封已久的宝藏，而与真正的书店的主人谈话就像童年时的童话故事一样令人着迷。

第一大道附近的第二大道是鲍厄里街的步行街，那里还没有变成车间和血汗工厂。第二大道上有熟食店、二手家具店、杂货店、冰淇淋店、药店和粗糙的广告招牌上画着惊心动魄场景的电影院，还有凯特尔剧院，那里的演员用犹太人的意第绪语表演莎士比亚的戏剧。人行道和街道上的男男女女接踵摩肩。人们说着各种各样的语言，罗马尼亚语、匈牙利语、德语、带着犹太人口音的波兰语，当然还有意第绪语，它的喉音给耳朵的感觉就像眼睛看到肉食店橱窗里展示的奇形怪状的巨大香肠一样。妇女们不戴帽子，穿着衬裙，往肩上披一条毯子或者披肩，连鞋扣都不系就出门买东西去了。街上的每一个人似乎不是在买东西就是在卖东西，他们高声说话，带着仿佛是世代相传的热情讨价还价。第二大道的拐角处是纽约市法院，那儿有成群的律师，经常可以看到激动愤怒的男男女女在法院门口的台阶上尖叫和厮打。

基尔什鲍姆先生的书店

在这条拥挤不堪的街上，恐怕谁都没有时间，而且也不想去光顾基尔什鲍姆先生的书店前面的书摊。为什么他会选在这个特别的地方开书店呢？基尔什鲍姆身材高大魁梧，宽肩膀，金黄色的胡子，蓝眼睛，脸上亲切的神情和手臂上鼓着的肌肉很不相称，他的肌肉简直就像职业拳击手一样发达。如果你走进他的书店，你会发现从早上8点直到午夜，来自这个城市各个角落的男男女女不停地走进这家书店，买走各种各样的书。上个星期六的下午，竟然有一位年轻女孩要买托马斯·肯皮斯的《效法基督》，还有一位老人竟然要奥斯卡·王尔德的童话故事。

基尔什鲍姆的书店包罗万象，几乎所有种类的书都有一些，但是你必须仔细寻找才能发现你想要的"珍宝"。基尔什鲍姆这样讲述了自己的故事："我在奥地利军队的波兰团里当了12年军士。后来我成了加利西亚军官和贵族的代理人。我从他们手里可以买到任何东西，而且我也可以把任何东西卖给他们。如果他们想要钱，那我就设法给他们弄到钱。后来，有一天我决定移民到美国。我到这里之后，推着一辆手推车在纽约的街道穿行，把人们没用的东西都买了下来。然后我又推着车在鲍里厄街把这些东西卖出去。不久之后，我就开书店专门卖书了。我完全不了解书，也不懂它们的价值，直到今天，我都只是把它们当作赚钱的商品。我以一定的价格买入，再以一定的利润卖出，并不关心它们到底值多少钱，而且我也没时间去搞清楚它们的价值。我一直忙着大量卖货。我有一个儿子，他倒是懂书，在四街开了一家书店，我很高兴他能帮我尽快周转库存。我在家乡认识不少大人物，其中有些人在美国身居要职。刚来美国的那几年，我真的非常艰难，于是他们在一些我所擅长的行业帮我安排了很好的职位，不过他们提出的第一个要求是让我剃掉胡子。我理解他们，我知道这是因为在他们看来，有胡子的我太像犹太人了。但是，我的胡子从没碰过剃刀，而且只要我活着，就永远不会剃掉胡子。我坚决地保留了正统犹太人的外表，于是错失了在某些商业组织里获得首要地位的机会。所以我只能自己独立经营，这也是我机缘巧合成为书商的原因。"

基尔什鲍姆的书应有尽有，各种语言、关于各种话题的书都有。在他的书店里待上几小时，你就会发现太阳下面真的没有新鲜事，原来无论什么样的东西从前都有人写过。

乔·科诺克的书店

要是你因为在知识分子经常聚会的书店里看不到那些曾经在报纸期刊上连载并引起轰动的小说和怪谈，就认定这些东西都过时了，那你就大错特错了。这些书的读者和从前一样多，乔·科诺克先生专门研究一些老太太、男孩和女孩对这种书的爱好。他的书店位于九街和十三街之间的第三大道上，书店里摆满了各种恐怖犯罪和冒险经历的故事。

因为旁边高架铁路上的隆隆声和马车走在老式鹅卵石路上的声音太大，科诺克几乎凑到我耳边说："我在这里已经12年了，我非常了解我的顾客。有些人只读侦探小说，除了侦探小说他们什么都不想要。比起连载小说，年轻的一代更喜欢讲短篇故事的旧杂志。我按磅计价，从卖破烂的贩子、二手店以及其他任何可以买到这些书的地方收购。这种过期的期刊人们最多只会付5美分。以前，这附近住了许多爱尔兰人，直到现在依然有不少爱尔兰女士到我的书店里买查尔斯·贾维斯和伯莎·克莱的作品，这些都是纯洁美好的爱情故事。她们看完后会把书还回来，下次再买书的时候就抵一点钱，不过神奇的是，要不了几个月她们又会买同样的书。我的一些顾客甚至会年复一年重复读同一本书。附近百货公司的女店员也会来光顾我的书店。她们会买斯特里斯和史密斯的小说，书越厚她们越喜欢。她们会互相讲述这些爱情故事中最激动人心的情节，也会经常阅读同样的书。"

　　这时候科诺克指着满满一书架神秘的小册子说："那都是解梦的书，还有手相和运势占卜的书。上了年纪的老太太最喜欢买这种书。解梦的书应该和烹饪的书一样多，很多女士几乎终身都坚守着同一类书籍。她们经常会带来一本破旧不堪、指印斑驳甚至连字迹都看不清楚的解梦书，希望再买一本新的。然而我通常都没有，因为这本书或许在最近三四十年里都没有再版，但如果你告诉她们这个事实，她们就会十分失望，而且在买另一本解梦书作为替代之前充满怀疑。年轻的女孩们也经常买解梦和手相的书。她们主要是在聚会上用来娱乐，野餐时经常也会带着。还有一位老绅士，他常常在大清早就到书店来，花5美分买一本杂志，然后在解梦书的书架前面待上好久。我有时候好奇地问他是不是在为他昨天做的梦找解释，我还建议他买一本解梦的书，结果他非常生气，怒气冲冲地告诉我这都是荒唐的迷信，他根本不信。"

懂书的人

在靠近第六大道的三十八街，有一家一尘不染的小书店，四面墙上都是书架。天花板下面挂着令人感到舒适的图画。书店中间是一张小桌子，前面有一把椅子，科比特先生就坐在桌前，他读过自己所卖出去的每一本书，并为此感到十分骄傲。在以前，杰克·伦敦只要来到纽约，就会在这里消磨好几个钟头，埃德温·马卡姆从科比特的建议中获得过不少灵感。文学写手每天都来，不过他们并不能算作顾客。这里是杂志编辑的天堂，科比特会为他们拟定题目，如果你是一名记者，想找他寻求建议，他可以用几美分的价格卖给你写文章所需的所有素材。

对于人们该读什么，不该读什么，科比特有着自己独特的想法。比如一位年轻的姑娘走进书店，要买某本书，他会回答说："是的，我有这本书，但是你不适合读这本书，所以我也不会卖给你。"然后他会介绍别的书，他的介绍引人入胜，令人心向往之，最后这位姑娘改变主意，买了他介绍的书。这种事情在他的书店屡见不鲜。

科比特有一次对我说："您知道，书商肩负着十分重要的人生使命。作家写了书，但是他们不知道这些书会流到什么人手中，出版商把书作为商品卖给全国各地的经销商，而我们这些小书店老板才是接触到真正的读者的人。我们把书交到读者手中，这些书很可能会对他们未来的事业产生决定性影响，或许会激励他们产生伟大崇高的思想，或许会使他们沦为罪犯。我们赚到的一点钱可能意味着一个生命和灵魂的升华或毁灭。"

农民书商

哈伯森先生现在只有周六才会待在自己的小书店里，他的书店位于第八大道附近的二十三街，周围到处都是廉价出租公寓，地铁施工和挖掘隧道的噪音昼夜不息，书店人流稀少，显得十分落寞。经过多年的努力，哈伯森终于实现了自己的雄心壮志——在长岛买了一个农场，因此他已经很少来书店了。这是那种只有高超的园艺家才能维持收支平衡的小农场。不过他从事图书生意这么长时间了，似乎没有什么事情能难倒他。在以前，他经常在书店里展示一些稀奇古怪的书，收集不知名的人编辑的不知名的杂志也是他的爱好。他个子瘦小，脸色苍白，长着一双哲学家的眼睛，不知是什么奇怪的欲望驱使他去种地。他的店里雇了一个助理，当然这份工作的收入并不多，但这个助理曾兴高采烈地对我说："我喜欢这里，我太喜欢这份工作了！我可以全天看书，以前我总是会花不少钱买书，现在我能省下一大笔钱了！"和这个薪水不高的助理一样，很多小书商也都有这样的特质，他们并不渴望在商业上取得多么大的成功，只要能谋生，能持续阅读就会感到无比满足。

夜猫子

在六十七街和六十八街之间的哥伦比亚大道上，靠近希利酒店的地方，有一扇窗户不论你在夜里什么时间经过都是亮着灯的。如果你看看这家狭窄的书店里面，会发现有一个人坐在一个很小的空间里，周围堆满了书，一边抽着一根长雪茄一边看书，他就是书店老板。他的书店白天一直关着门，晚上才营业，我想象不到那些住在希利酒店的人晚上会到这里来买书。不过他似乎对此毫不介意，完全自我陶醉在身边日益增多的书里，由于他频繁地买书回来，所以他可以自由活动的空间变得越来越小。他常常彻夜坐在那里看书，发现某个被遗忘的作家的佳作就会高兴得手舞足蹈，并向你介绍这些沧海遗珠的迷人魅力，他甚至从来不会要求你买书。

还有四十二街西头的罗森先生，他经常去全国各地的农场搜集旧书。施瓦茨先生曾经是一位服务生，后来他在阿斯特广场开了一家书店。他很想迎合那些品位高雅的读者阅读禁书的需求，但另一家书店老板萨姆纳先生妨碍了他的计划，两次向管理部门举报了他，他只得付了一笔罚款。然而更痛苦的是，当再有顾客找施瓦茨要禁书的时候，他只会哆嗦着双手虔诚地拿出莎士比亚的旧版书，或者推荐英国的吟游诗人作品来代替某位法国作家的激进著作。

在过去的8年里，吉姆·吉林一直宣称要卖光他位于二十八街和列克星敦大道拐角的书店里的所有书，后来他终于做到了，最后搬去了泽西岛的某个地方，在那里养兔子，实现了自己的人生梦想。他钻研书籍这么多年，没有人想到他竟然会改行。

还有老约翰逊，他每隔一段时间就会打印一次自己的图书目录，然后从他在百老汇附近二十八街的地下书店里分发出去，他夜以继日地在办公桌前忙个不停，但是他的工作秘而不宣，人们只知道他是在写一个大对开本的东西，或许他写的是一位纽约书商的冒险和磨难吧。

书商的大主顾施塔默先生

施塔默先生是第四大道上一位伟大的书商，他可以找到任何一个美国人想要的任何一本书，无论在哪里出版的，无论什么时候出版的都没问题。他对纽约那些最不起眼的角落里最默默无闻的书商都了如指掌。有人经常问："纽约有这么多书商，他们都是怎么生存下来的呢？"施塔默这样回答了这个问题："因为纽约三分之二的书商几乎都把自己的书卖给了剩下的那三分之一，大书商很少会从私人渠道购书，这些小书店就是我们大书商的先锋。他们为我们辛勤采集蜂蜜，我们经常会去他们的书店买走想要的书，他们也会为我们送来，而且我们特别欢迎他们定期前来。"施塔默几乎每天都会去小书商的书店，他既是小书商的老师，也是他们的主顾。他会告诉他们什么书值钱，只要他用得到，他就会慷慨地给出一个好价格。在小书商的交租日，他是最受欢迎的，这时候许多埋没在蛛网角落里的珍宝都会流落到他在第四大道上的图书宫殿里的书架上。

文学藏品商人

今天，在公共市场上可以买到名人的书信，在世的和去世的名人都有。越私密、越能展现作者的灵魂的东西售价越高。

这些交易中不存在什么浪漫的氛围，商人们之所以出售名人书信和签名只是因为要赚钱，而买家想买也只是因为他们渴望拥有一些独一无二的东西，他们也知道名人的信件和签名是一种很好的投资。我们暂且抛开这种不合时宜的情绪，假设在拍卖会上出售雪莱的情书，或者一封杂货店老板写给爱伦·坡要求他立刻支付2美元25美分食物的欠账的催款信是合情合理的事情，那么把这样的书信和作者的肖像精美地装帧在一起也不失为一件合适的图书馆装饰品。现在我们就来介绍一些纽约这种重要的文学藏品商人。

本杰明先生是一位精神矍铄的老人，他的办公室位于布伦瑞克大厦的三层，面朝麦迪逊广场。这座建筑位于原来的布伦瑞克酒店的旧址上，但是这家酒店曾作为到访美国的各国文人在纽约的休憩之地而闻名。

本杰明公司的墙上摆满了巨大的保险柜，一台打印机庄重地发出"咔咔"的响声。对于这样的商人来说，办公室的尊严至关重要，而这种尊严是在执行百万美元的财产契约的转让中获得的。

本杰明坐在一张巨大的办公桌后面，这里的任何东西都不会让人想到古董家和收藏家的博物馆。他的办公桌就像是一位银行行长的工作台，他的座右铭就是"效率"二字。

本杰明不容置疑地说道："我们这一行不存在什么浪漫。我收购名人的亲笔签名、手稿、签名画像和各种文学作品，然后再卖出去。收购这种东西是一门艺术，而卖出去则是更大的艺术。这一行需要专业知识，需要把事情和人联系在一起的本能和能力，这样才能保证我收购的东西有升值空间。我专营那些创造了历史、在文学和音乐方面颇有建树的人们的签名。而大政治家的签名是我的专长。目前你在我的保险柜里可以看到的关于美国独立战争和内战最真实、最原始的第一手资料，我敢说这些东西在世界上任何一家博物馆或者图书馆都不可能有。毫不夸张地说，在美国销售名人签名的商人里，我肯定是独一无二的人物。您知道，我从事这行已经30多年了，赚了25万美元。哦，对了，我在名人签名上的投资大概超过了50万美元。"

我好奇地问道："请问您是如何成为杰出的文学藏品商人的呢？您又是怎么收购和出售的呢？"

"我可以告诉你我是怎么做的，不过我不能保证其他人这么做也能获得和我一样的成功，这一行毕竟因人而异。在我年轻的时候，我并不想成为一个文学藏品商人，但是在大约40多年前，我突然梦想我能拥有一些价值连城的名人签名，或者我也能把这样的签名卖给出版商和编辑。我的父亲帕克·本杰明是个文学家和诗人。他曾经是纽约大报社的编辑，而且非常成功。我毕业于联合大学，最开始在乡村杂志当实习生，19岁的时候，我进入斯克内克塔迪报社联盟当了一名编辑。我做得还不错，后来就来了纽约，在《太阳报》当了11年记者，其中有几年就在德纳先生手下工作。采访大人物是我的专长，我想总有一天，我会写回忆录的，我相信读起来一定很有趣。我继承了父亲的诗风，这个月我就会出版一本自己的诗集。我哥哥的书店偶尔也会出售一些名人签名，我在那里遇到了几位收藏家，然后开始仔细研究他们的爱好。我发现，如果系统运营，我一定会在这一领域大有作为，所以我就全身心地投入了进来。

"1887年9月，我创办了《收藏家》月刊杂志，并一直坚持出版。这份月刊不仅使我能接触到我的顾客、潜在主顾以及图书管理员和历史学家，而且因为我在杂志上刊登了一些不公开的书信和文件，并在许多人物传记中被大量引用，所以我获得了不少名声。您看，其实我是一名编辑，我的杂志其实可以算是美国历史上最早的关于出售文学藏品的杂志。

"签名收藏家通常都来自图书收藏家。他通常是从购买他所喜欢的作家的书信开始的，他会把书信夹在这些作家的作品里，或者镶入他们的肖像画框。就这样，他会一步步成为一个传统意义上的图书收藏家。之后，他会发现名人亲笔签名的书信比图书所占的空间要小得多，而且也不容易被虫子蛀坏或者腐烂。在拍卖会上，精选的名人签名收藏品几乎每一次都被证明是有利可图的，也会吸引来文学财产商人之前从未接触过的那些富豪买家，而正是他们的竞拍确保了高价成交。

"其实真正的名人签名收藏家和那些只是收集成癖的人以及他们的收藏品毫无关系，不是说收集一大堆名人签名再配以肖像和海报就不是一件好事，但是没有系统、杂乱无章的签名，以及那些从不堪其烦的名人那里求来的签名实际上没有什么价值，甚至就是一堆垃圾。一旦我买到这样的签名藏品集，就会立刻拆散，重新按照系统分类。名人回复签名请求的便条还不如一个单纯的签名，这样的东西不适合和很好的收藏品放在一起。一封书信最好包含一些作者自己的真实想法，如果可能的话，最好有一些涉及他的生活和作品的内容。

"我的那些老顾客，只要我提供了他们想要的东西就会慷慨解囊的人并不是你在第五大道的艺术商店和书店所遇见的那种电影里的百万富翁。他们通常是退休的商人或者医生，也有中等收入的大学教授，但他们必须攒钱才买得起名人签名。他们每个人都对某个文学或政治名人研究颇深，要不就是对美国某个特殊的历史时期非常感兴趣。只要是能完善他们收藏的任何文件和书信，他们都很欢迎。我还有一些老主顾，他们的唯一财产就是他们收藏的名人签名，但他们经常宁愿遭受贫困也不愿把他们珍贵的藏品拿出来卖掉。

"还有些顾客对过去的二流文人很感兴趣，而原本从来没人想过这些人的签名也值得收藏。我有一个部门专门收集这样的物品，而且利润常常高得出奇。

"进入这一行的时间一长，你就会惊讶地发现，只要你孜孜不倦地搜寻，只要你知道在哪里做广告、怎么做广告，几乎就能找到任何你想要的东西。我到处登广告，而且从不间断。对我的生意来说，最小的乡村报纸有时候反而比大城市的报纸更有效果。

"我在一些老镇子上的旧农舍阁楼里买到了许多有价值的文件和书信，我敢说这些镇子的名字你甚至都从未听说过。这些旧农舍的继承人在当地报纸上读到了我的广告，他们当然愿意把自己父亲或者祖父的文学藏品卖给我，而不是收破烂的人！所以，持续和明智的广告是这个行业成功的秘诀。

"最优秀作家的亲笔签名自然总是供不应求，这些珍品有一个市场价，不过这个价格几乎每天都在波动。例如，如果一个名人去世了，只要他不是一夜成名的那种成功者，那么关于他的文学藏品的价值一定会马上上升，而且上升幅度很大；另外，最受欢迎的女演员的签名则会在她死后失去所有价值，关于她的东西将很快会被公众和名人签名商人遗忘。我记得有一次，著名诗人詹姆斯·惠特科姆·莱利因中风瘫痪了，就在人们得知他再也不能使用右手的那一天，他的手稿和书信的价格几乎翻了一番。像吉卜林、威尔斯、切斯特顿这样还在世的英国作家，他们的签名在这里比在英国的卖价还高。尤其是吉卜林，他的签名在纽约的价格是在英国的五倍。

"当然，我们也会在拍卖会上购买藏品。安德森画廊和美国艺术协会的成交额在纽约名列前茅，但是两者更大的客户群体是个人收藏家而不是我们这样的文学藏品商人，它们的藏品价格往往高得离谱，令人望而却步。拍卖会的明显弊端就是哄抬价格，一些收藏家在我们这里拒绝支付50美元的东西，却有人在拍卖会上豪掷500美元收入囊中，这样的事情时有发生。

"美国收藏家几乎都有同一种嗜好，他们钟爱《独立宣言》上所有签字人的签名，另一个最受欢迎的藏品是美国总统的签名。我自己就对历届美国总统的签名颇有研究，因为我自己就收藏了许多。我很愿意向您介绍我对多位美国总统笔迹和字体的看法。

"他们之中的大多数人的字迹都很清楚。华盛顿17岁的时候就能写出一手清晰端正的圆体字，同时大写字母写得有点像漂亮的美术字体。到了1760年，他的笔迹变得柔和而流畅，再到独立战争时期，又变成了又大又漂亮的圆体字，这也是我所知道的最漂亮最好的笔迹。之后华盛顿的笔迹一直如此，再没有出现明显的变化。

"约翰·亚当斯早年的笔迹是略有起伏的圆体字，字写得很小，后来他写的字逐渐变大，直到他写的字成了所有总统中写得最大的。再后来，因为视力下降，他的笔迹变得潦草而且不规则，常常写出格。

"托马斯·杰斐逊的字迹从一开始就很流畅，他一生都保留着这一特点。在独立战争前不久，他的字迹变成了一种垂直的圆体字，并一直保持着这种字迹。

"詹姆斯·门罗的字迹有些潦草，他写的字母常常挤在一起，还时不时写出格，他很喜欢用一支很重的钢笔。

"约翰·昆西·亚当斯的字迹不带任何修饰，是一种平实的垂直字体，字母的角度看起来几乎有点像左撇子的字。他晚年时候的字迹虽然有些颤抖，但依然很清晰。

"詹姆斯·布坎南的笔迹是一种流畅的圆体字，尽管他写的字有时大，有时小，但每个字母单独看都很整齐。他的笔迹始终如一。

"亚伯拉罕·林肯一开始的笔迹非常平实，字母写得很端正，单词间隔也很好。随着岁月的流逝，他的笔迹变得越来越垂直，直到最后它变得完全垂直。

"尤利西斯·格兰特刚从西点军校毕业时的笔迹就是普通学生的笔迹。后来他的笔迹变好了一些，变得更有力了，但是也谈不上很好。近些年来，他的笔迹越来越潦草，甚至有些字母都写得不完整，显得很草率。总的来说，他是美国总统里面字迹最差的人之一。

"詹姆斯·加菲尔德在军队里当将军时的笔迹漂亮而流畅，字母的结构中规中矩，单词的分隔也很好，整体来看可以说是一种精致的学者式笔迹。后来他的字迹变得有些不规则，而且倾向于垂直，没有从前那种美感了。

"格罗弗·克利夫兰一开始的笔迹是一种粗大、棱角分明的流畅字体，后来逐渐变成一种小巧的、非常规则的淑女字体。

"威廉·麦金利的笔迹是一种平实而优美的流畅字体，字母结构很好，还有一种单词和单词之间不提笔连写的倾向。

"在历任美国总统中，西奥多·罗斯福的笔迹可以说是最糟糕的，字母结构很差劲，行列很少会排得很整齐，整体看起来粗糙又潦草。他写字很快，笔迹明显太草率，就像笔尖跟不上他的思维一样。

"威廉·霍华德·塔夫脱的笔迹很规则，是一种端正而流畅的大字体，总体来说很漂亮。

"伍德罗·威尔逊的笔迹非常漂亮，每个字母都写得很好，流畅地排成一条直线——完全是铜版印刷体的样式。从他的笔迹可以看出他写字的时候应该经过了深思熟虑。

"华盛顿和波尔克的笔迹最漂亮，而罗斯福和格兰特的笔迹最潦草。"

本杰明先生是他所选择的领域的伟大先驱，文化藏品商人中的翘楚。他用名人签名业务赚的钱投资房地产，拥有一栋豪华的避暑别墅，这些成功都是因为他懂得如何买卖已故和在世名人的签名和书信。

这是一些名人签名的市场价格：

马克·吐温	11.50美元
德·昆西	18.00美元
乔治·艾略特	23.00美元
尤金·菲尔德	31.00美元
亚历克斯·汉密尔顿	50.00美元
约翰·保罗·琼斯	280.00美元
鲁迪亚德·吉卜林	24.00美元
罗伯特·路易斯·史蒂文森	100.00美元
阿尔弗雷德·丁尼生	28.00美元
威廉·华兹华斯	21.00美元
本杰明·富兰克林	132.50美元
乔治·华盛顿	227.50美元
约翰·亚当斯	57.50美元
托马斯·杰斐逊	37.50美元
威廉·亨利·哈里森	24.00美元
扎卡里·泰勒	90.00美元
安德鲁·约翰逊	120.00美元
威廉·麦金利	67.50美元
西奥多·罗斯福	12.00美元
威廉·霍华德·塔夫脱	55.00美元
亚伯拉罕·林肯	210.00美元

弗朗西斯·马迪根先生有趣的书店

　　和我们已经介绍的书店不同，弗朗西斯·马迪根先生的书店展示了完全不一样的场景。在纽约最时尚的购物区，第四十五街和第五大道的拐角处，华丽窗户后面悬挂着价值不菲的名人签名画框，这里就是马迪根的圣殿。他是一个快乐的人，身上具有在第五大道成功经营艺术商店所需要的一切品质。他知道什么时候应该停止说话，也知道什么时候应该达成交易，他几乎可以让任何一位走进书店的新顾客掏钱买东西。在他的书店里，高高的墙上挂着无数名人亲笔签名的肖像，这些肖像都装在合适的相框里。马迪根也涉足艺术领域，所以书店里也挂着一些不太知名的艺术家的素描和画作。

　　他主要的业务是销售带有作者亲笔签名的图书。在不幸的诗人奥斯卡·王尔德还没有受到人们关注的时候，他就是少数几个意识到王尔德重要性的人之一。多年来，他收集了大量王尔德的作品，现在为他带来了丰厚的利润。

　　我在他的书店里待了一个下午。参观者络绎不绝地来来去去，许多人愿意为那些在世时一辈子都卖不出去自己作品的不幸作家的亲笔签名付账。在过去的十年里，马迪根先生卖出的爱伦·坡的作品比任何一家书店都要多。可怜的爱伦·坡！在他的整个文学生涯中，他所获得的直接回报实在太微薄，甚至还没有马迪根售出一封已故名人书信赚得多。

诗人的收入

　　马迪根先生就有爱伦·坡的一封亲笔书信，日期是1849年1月13日。从这封信我们可以了解到一些当时文学界的内幕情况。收信人是《南方文学信使》杂志的编辑约翰·汤普森，这个杂志在当时是最有影响力的文学杂志之一。穷困潦倒的爱伦·坡向汤普森建议说，如果汤普森每个月在杂志社刊登五页他的作品，那他愿意以两美元一页的稿费撰稿。造化弄人，反复无常的命运总是让人感到讽刺。爱伦·坡当年以两美元的报酬提供的手稿现在价值450美元。马迪根让我看了这封珍贵的书信，下面就是这封信的内容：

纽约，1849年1月13日

　　亲爱的约翰·汤普森先生：

　　十分感谢您寄来的两本《南方文学信使》杂志。

　　我想请您看一篇名为《旁注》的文章的开头章节，这是我三年前在《民主评论》杂志上发表的文章。我给您写信的目的是想请您同意我继续在《南方文学信使》上发表文章，我建议可以从三月开始供稿，以每月五页的速度整年供稿。我想，您可能会像以前一样，给我两美元一页的稿费。如果您认为我的建议不错，我将在收到您的回信后立即寄给您头两个月一共十页的稿件，然后您可以在方便的时候付钱给我，因为这些文章已经出版了。

您最真诚的

埃德加·爱伦·坡

附言

亲爱的约翰·汤普森先生，我决心在文学界再接再厉，我现在比过去三四年更勤奋，也更忙碌。我已经和两家周报报社建立了联系，这应该能帮助我在《南方文学信使》的事情上更好地为您效劳，另外，我即将投身于书信界，这要比三四年来忙得多。我和两家周报建立了联系，这可以使我不时地在信使方面为您效劳。

我们的谈话被一位身穿时髦皮大衣的英俊青年打断了，他用很蹩脚的英语告诉马迪根他想买一些法国大人物、作曲家和各国音乐家的亲笔签名。马迪根拿出了他的皇室藏品集，看到路易十四和玛丽·安托瓦内特这种级别人物的签名，这个年轻人没有犹豫多久就把它们买了下来，另外还买了20多封音乐人士的书信。他让店员把它们都裱起来，然后送到他的工作室去。这些东西一共400多美元，年轻人掏出一些英镑打算用来付账，马迪根一看是英国纸币，便坚持要收美国货币。于是年轻人去了附近的一家银行，很快就换回美元把账付了。整个交易只用了不到15分钟。

我很惊讶地问马迪根："他要这些东西干什么？"

"他是个音乐家，很擅长玩一些社交游戏。他接下来应该很快就会邀请一些非常富有的人到他的工作室，让他们看到墙上挂着的他刚买的路易十四和玛丽·安托瓦内特的签名，然后他会告诉他们这些都是他的祖先留下的珍贵遗物。同时，那些音乐人士的书信自然也会让他那些音乐家和作曲家朋友感到非常亲切。如果他的这个社交游戏成功了，他当然会保留那些亲笔签名。但是在我看来，他很可能用不了多久就会陷入经济困境，到时候还会来找我，请求我把这些签名和书信再买回来。"

　　这时候一位颇有名气的诗人走了进来，马迪根先生把他带到书店的后面。诗人在那里写了一会儿什么东西，然后把手稿递给了马迪根。马迪根低声对诗人说了几句话，诗人就离开了。

　　马迪根告诉我说："刚才那位诗人写了一首关于奥斯卡·王尔德的即兴颂歌给我，说不定能卖个好价钱。他经常到我的店里来，和我聊天，还经常给我一些他写的诗。有一次，他从我这里离开还不到半小时，我把他刚写的诗以10美元的价格卖给了我的另一个朋友。"

　　正说着的时候，一位老太太走了进来。她打开夹在腋下的包裹，里面有许多书信和照片。我感觉到她很讨厌我出现在她和马迪根的交易里，于是我转过身去不看他们。虽然我背对着他们，但还是听到了马迪根长时间的演讲，内容是关于老太太要卖给他的亲笔签名其实并不受欢迎，也没什么价值。最后，他给了老太太几美元，老太太很不情愿地把钱装进口袋，留下她的包裹走了。

接着进来的是一名年轻女子，她是一位室内设计师，正在为一位富有夫人的早餐室做装饰。她有个不错的灵感，将红衣主教黎塞留亲笔签名的画像放在路易十四时期的精美相框里，再与淡紫色的窗帘挂在一起，将是最理想的选择。她问了问价钱，然后让人送过去了。

没过一会儿，一个报社的人来找马迪根，他想要一幅诗人斯蒂芬·克莱恩的画像。马迪根很快就帮他找到了，因为所有画像的目录卡片都非常清晰，按图索骥就行了。

这就是马迪根的书店，就这样整天不停地买卖。

舒尔特的书店

在这个喧闹的城市里，散布着一些安静的角落，这些地方似乎是为古董爱好者专门准备的。这种安静的书店并不多，但独具魅力。这些书店门口通常会放着一些大箱子，里面都是很便宜的老书，装帧和印刷都是过去的式样。书店里面的书架上摆满了讨人喜欢的图书，但是有点杂乱无章，这是猎书人翻阅之后留下的痕迹。每一次你去这些书店，都会觉得狭窄的通道变得更窄了，这是因为书店老板几乎每天都会进一些新书和小册子。

舒尔特的书店位于二十三街和列克星敦大道的西南角，书店前面摆着长长的一排箱子，里面装满了各种稀奇古怪的书籍。当你走进书店，只要你随便看看书架上这些书的书名，你很快就会感到舒适自在。要是你正好见到了舒尔特，那他一定会和你一见如故。作为一位图书收藏家，他拥有很高的鉴赏水平，而且他和走进店里的爱书人惺惺相惜。他会拿出自己的珍藏品请你欣赏，例如一些特别珍贵的首印版图书，以及惠斯勒、哈登和佐恩不为人知的蚀刻版画。

文学藏品投机商乔治·史密斯

随着珍本图书和文学藏品的商业化，由于一些买家和持有者的过于精明，以及大量抛售造成的价格波动，这些东西似乎正在受到垄断，与此同时，一个全新的书商群体也应运而生。乔治·史密斯先生是珍本图书圈子里的王者，也是很有实力的文学藏品商人，他的经营规模非常大。

史密斯经常以数百万美元的价格购买一车一车的书，然后再一车一车地卖给在加州建造豪宅的百万富翁们，这些人给史密斯的订单是为了打造自己的图书馆。史密斯是拍卖会上的领军人物，他一直在那里以高价购买他想得到的任何东西，只要是他决定带走的东西，所有竞争对手都会甘拜下风。他是那些暴发户的首席顾问，只要有暴发户希望用一些昂贵的名人亲笔签名和珍本图书来装饰自己的家时，都会向他咨询。当然，史密斯自己也是个大富翁。

布伦塔诺书店的卡迪根先生

经过布伦塔诺书店通往地下室的楼梯时，你不妨好好欣赏一下墙上挂着的许多装裱好的名人亲笔签名和签名画像，然后你就会进入卡迪根先生的王国。卡迪根也是一位文学藏品商人，但他和一般文学藏品商人的性质完全不同。他是布伦塔诺书店期刊部的主管，可以说是现在世界上最了解美国杂志发展的人。20年来，他目睹了无数杂志的成功和失败，他最欣赏有勇气捍卫自己的思想和对世界的看法的人，这些人创办的杂志最受他的青睐。

美国文学界有一些最值得尊敬，但同时也最值得同情的人，他们创办了自己的杂志。他们不会效仿同时代人的做法，也不会屈从于出版商的意愿和读者的期望。这些人卡迪根全都认识，如果是他认为值得赞赏的杂志，他一定会推荐上架。尽管这些杂志大部分都没有机会发行，但卡迪根接受了它们，并把它们摆在自己的桌子上，和旁边那些代表资本主义媒体的成熟产品的各种杂志一起出售。

我从布伦塔诺书店专门销售杂志的地下室里获得了极大的满足和快乐，甚至比我在所有公共图书馆的期刊阅览室加起来还要多，包括卡耐基学院的期刊阅览室。能浏览一下最新的杂志，把其中最有趣的带回家，这是一种内心深处的满足。

扫码立领
★ 书店小故事
★ 同类作品推荐
★ 小说交流群

后 记

在我印象里，西海固是一个西部荒凉地区的地名。因为十年前的《独立书店，你好！》一书，让我结缘了生活里的西海固——一个有着开书店情结的爱书人。

当时，有感于网络时代对于读书人的影响，我编了《带一本书去未来》，主要是想反映在我交往的读书人群里大家对纸本书未来的看法和态度，从时年八十多的文化老人，到尚在读初中的少年，不同年龄的读书人如何看书的未来，体现的是读书人对阅读的理念和信念；之后，又编了《如此书房》：反映读书人的生存状态，一间自己的书房又是如何实现的，或者说有的还没有一间属于自己的书房。从阅读的未来，到读书人的未来，这两本书也都是西海固当时所在的蜜蜂文库推出的。再之后，就是《独立书店，你好！》，反映的则是独立书店的生存与未来……

这三本书都是体现读书人的生活，而在读者中形成影响的则是《独立书店，你好！》。因为此书受到了关注，我们又续编了该书的第二季和第三季。由一本书再三续编关于"独立书店"的专题，其实这与西海固有着密切的关系。如果不是西海固的热情推动和直接参与，或许《独立书店，你好！》会像《如此书房》那样，即便有续集也就是再编一本第二季也就罢手了，但因为西海固对独立书店的情有独钟，此书再二再三地继续编选出版了。

对我来说，《带一本书去未来》《如此书房》和《独立书店，你好！》三本书陆续出版，也就完成了自己想反映网络时代读书人的生存与精神世界的选题目的。但因了西海固的执着，《独立书店，你好！》成了一个系列。后来，在此书第三季出版后，西海固还催促鼓动我再继续编第四季，但因我的疏懒和别的题目的吸引，就此罢手了。再后来看到西海固仍然在执着关注独立书店的生存与发展，不能不钦佩他做事的专注和投入。

转眼十年过去了，今年春天，西海固突然联系我，没有寒暄客套，仍是单刀直入，想邀我再编一本有关独立书店的书。说实话，这个春天我正为了防疫闭门不出，哪里还有心思编关于独立书店的书。但是西海固并不在意我的敷衍，仍兴致勃勃地谈他的选题计划，谈他对当下书店生态的感受……也许是受他的感染，我应付说好。但没想到过了不久，他就告诉我已经在进行编稿了，而且很快发来了目录，说他正在联系译者授权事宜，等等。

现在，这本《幸好，书店还在》付印在即，不能不感叹西海固的执着。与其说我参与了编书的过程，不如说我见证了这本书诞生的过程。西海固的书店情结再次得到了体现——以专题书的形式呈现西方作家的书店记忆和故事。

中外莫不如此：一家有故事的书店往往变成了传奇，例如巴黎的莎士比亚书店就是最典型一例。在海明威的回忆里，在《尤利西斯》出版的传说里，巴黎莎士比亚书店承载更多的是穿越时间河流的作家逸事与书店记忆的传奇。这样的书店故事，也滋润着我们的阅读生活。

当初因合编《独立书店，你好！》与西海固结缘，十年后的今天又因为《幸好，书店还在》再续前缘，这要感谢西海固的书店情结。

　　看完这本《幸好，书店还在》书稿，记下如此感想，以为后记。

薛原

2020年10月于青岛

听书店故事
打开一段关于
书店的回忆

书店小故事

听书店故事，唤醒你所有关于书店的记忆。

同类作品推荐

听同类优质作品，让你在书本的世界里畅游。

小说阅读交流群

加入本群与一群爱阅读的书友，分享你读过的精彩小说。

微信扫码
还可了解书店的起源发展
▶▶▶